내 안에
몬스터
있다

형상준 현대 판타지 장편소설

초판 1쇄 찍은 날 | 2017년 3월 16일
초판 1쇄 펴낸 날 | 2017년 3월 23일

지은이 | 형상준
펴낸이 | 예경원

기획 | 위시북스
편집책임 | 박우진
편집 | 이즈플러스

펴낸곳 | 예원북스
등록번호 | 제396-2012-000132호
등록일자 | 2012. 7. 25
KFN | 제1-083호

주소 | 경기도 고양시 일산동구 호수로 646-24 위너스21 II 빌딩 206A호 (우)10401
전화 | 031-819-9431 팩스 | 031-817-9432
E-mail | yewonbooks@naver.com

ⓒ형상준, 2016

ISBN 979-11-6098-123-0 04810
       979-11-5845-442-5 (set)

CONTENTS

1장
게이트 너머의 세상

파지직! 파지직!

김호철이 낮게 날며 땅을 주시하고 있었다.

하지만 보이는 거라고는 숲과 나무, 하늘을 올려다보고 있는 몬스터들뿐이었다.

그리고 가끔씩 주위를 날아다니는 비행 몬스터들…….

하지만 비행 몬스터들은 김호철을 보고 달려들지 않았다. 그저 도망치기에 바빴다. 데스 나이트가 상급 몬스터이기 때문이었다.

그리고 그것은 지상 몬스터도 마찬가지였다.

지구에서 넘어온 빌딩이나 건물에 올라가면 그곳에 있던 오크나 트롤과 같은 몬스터들이 김호철을 보고 귀신을 만난 것처럼 도망을 쳤다.

약육강식의 세상에서 살아가는 몬스터들에게 있어 상위 몬스터는 반드시 피해야 할 존재인 것이다.

'데스 나이트가 이 세상에서도 강한 몬스터기는 한 모양 이네.'

그런 생각을 하며 김호철이 몸을 돌려 힐끗 하늘을 바라보았다. 하늘 위에서는 그의 와이번이 커다란 눈물 문양을 매단 채 날아가고 있었다.

'이놈의 산맥은 뭐가 이리 넓어.'

벌써 어딘지도 모를 산맥을 한 시간 가까이 날아가고 있었다. 그런데도 산맥의 끝이 보이지 않았다. 한 시간을 날았다면 인천에서 부산까지 가고도 남았을 텐데 말이다.

답답한 마음에 주위를 둘러보던 김호철이 하늘로 솟구쳤다. 박천수에게 뭐 보이는 것이 있는지 물으려는 것이다.

파지직! 파지직!

뇌전을 뿌리며 하늘로 날아오르던 김호철의 몸이 순간 비틀거렸다.

파앙!

김호철의 몸에 타격이 온 것이다. 마치 망치로 때린 것 같은 충격……. 데스 나이트 갑옷으로 보호받고 있었지만 맞은 곳이 얼얼했고 아팠다.

하지만 김호철의 얼굴에는 미소가 어렸다.

'충격이다.'

충격……. 사람이 쏜 것이다. 그 말은 누군가 자신을 봤다는 것이다.

주변에 수정 카페 건물이 없는 것을 보면 행복 사무소 사람일 수도, 아닐 수도 있다. 하지만 총을 쏜 자는 지구인일 것이다.

마법과 칼이 발달된 아르카디안에는 총기와 같은 무기의 발전이 느리다. 카인도 지구의 현대 무기에 대한 관심을 가졌으니 말이다.

따라서 하늘을 날고 있는 자신을 맞힐 수 있을 정도의 총기는 아르카디안에는 없을 것이다.

급히 몸을 돌린 김호철이 주위를 둘러보았다.

'어디서 쏜 거지?'

그때 김호철의 눈에 산맥에 누워 있는 빌딩의 한 창문에서 뭔가 반짝이는 것이 보였다. 거울로 빛을 반사하는 듯한 반짝임에 김호철이 손을 크게 휘둘렀다.

'저격 망원경으로 나를 보고 있을 거다.'

김호철이 손을 크게 휘저으며 머리 위로 동그라미를 만들고는 와이번이 있는 곳으로 솟구쳤다.

파지직!

뇌전을 휘날리며 빠르게 날아간 김호철이 박천수의 옆에
내려섰다.

"밑에 사람이 있습니다."

"누구? 직원들?"

"저희 건물이 보이지 않는 것을 보면 그건 아닌 것 같습니
다. 하지만 저를 저격한 걸 보면 지구인인 듯합니다."

"저격?"

"저한테 신호를 주려고 저를 쏜 것 같습니다."

"네가 몬스터인 줄 알고 쐈을 수도 있지."

박천수의 말에 김호철이 고개를 저었다.

"지구인이라면 몬스터에 대해 알 터……. 데스 나이트를
총으로 쏴 죽이려 할 리가 없습니다."

데스 나이트에게 총을 쐈다? 나 죽여주러 오세요 하는 것
과 같다.

"분명 저를 아는 이가 있습니다."

게이트 너머로 넘어간 지 얼마 안 된 사람이라면 김호철
자신을 알아보고 신호를 줬을 수 있는 것이다.

말과 함께 김호철이 박천수를 안았다.

"내려가죠."

"이놈들은 어떻게 하고?"

"이놈은 여기 있을 겁니다. 그래야 저희 문양을 사람들이

볼 수 있습니다."

김호철이 몸을 솟구쳤다.

파앗!

그러고는 빠르게 빌딩이 있는 곳으로 떨어지며 김호철이 말했다.

"지구인인 것 같지만 적이 될 수도 있습니다. 그러니 조심하십시오."

"알았어."

박천수는 어느새 입에 담배를 물고 있었다.

김호철이 빌딩 창가로 다가가자 사람들이 모습을 드러냈다. 검은 머리에 군복을 입고 있는…… 그리고 가슴 한쪽에 태극기 마크를 달고 있는 한국군이었다.

"한국군이다."

박천수의 말에 김호철이 고개를 끄덕이며 소리쳤다.

"나는 한국 행복 사무소의 김호철이고 이쪽은 박천수입니다."

김호철의 외침에 군복을 입고 있는 노인이 고개를 끄덕였다.

"들어와라."

노인의 말에 김호철이 그를 힐끗 보고는 부서진 창문 안으로 들어섰다.

그런 김호철을 향해 한 남자가 급히 다가왔다.

"우리를 구조하러 온 것입니까?"

남자의 말에 김호철이 그를 보다가 주위를 둘러보았다. 빌딩 안에는 수십 명의 사람이 있었다. 한국 사람도 있었고 노란 머리의 외국인도 있었다. 많은 사람이 한국 국기를 가슴에 달고 있었지만 그렇지 않은 사람도 많았다.

하지만 그들은 모두 한결 같은 눈으로 자신을 보고 있었다. 간절한 희망이라는 빛을 가지고 말이다.

그들을 보던 김호철이 입을 열었다.

"게이트를 찾아서 들어가면 돌아갈 수 있습니다."

김호철의 말에 사람들의 얼굴이 굳어졌다.

"지금…… 우리가 그것을 몰라서 이렇게 숨어 사는 건 줄 압니까?"

남자의 말에 김호철이 그를 바라보았다.

"몬스터가 많지만 뚫을 수 있습니다."

"결론은 당신과 이 사람만 왔다는 것이군요."

절망에 찬 눈으로 자신을 보고 있는 남자를 보던 김호철이 주위를 둘러보았다.

"데스 나이트 갑옷을 입고 있는 저에게 총을 쏜 것을 보면 저를 알고 있는 사람이 있는 것 같은데……."

김호철의 말에 노인의 옆에 있던 서른 살쯤 돼 보이는 남자가 말했다.

"뇌전의 날개를 휘날리며 하늘을 나는 데스 나이트가 블러드 나이트라는 걸 제가 이곳에 들어오기 전에 뉴스로 봤습니다."

"언제 들어오셨습니까?"

김호철의 물음에 남자가 잠시 생각을 하다가 말했다.

"한 삼 년 된 것 같습니다."

"삼 년……."

남자의 말에 김호철은 새삼 시간의 차이를 느낄 수 있었다. 김호철이 활동을 한 것은 일 년이 채 되지 않는다.

"그렇다면 지구에서는 석 달 전쯤 넘어왔다는 것이군요."

"대충……."

남자를 보던 김호철이 노인을 바라보며 물었다.

"어르신은 언제 오셨습니까?"

노인이 잠시 있다가 고개를 저었다.

"기억도 나지 않는군."

"오민수 대령님은 지구 시간으로 사 년 전에 이곳에 도착하셨습니다."

"그럼 사십 년을 이곳에?"

김호철이 놀라 오민수 대령을 보자 그가 고개를 저었다.

"그리 불쌍하게 보지 말아라. 나에게는 이제 이곳이 집이고 고향이니…….”

오민수 대령의 말에 잠시 그를 보던 김호철이 주위에 있는 사람들을 바라보았다.

“이 사람들은?”

“게이트를 넘어온 자들 중 간신히 살아남은 사람들이다.”

“그럼 생존자는 이게 전부입니까?”

김호철의 말에 오민수가 고개를 저었다.

“어디에 있는지는 몰라도 세 개의 그룹이 더 있다.”

“세 개 그룹? 그들은 어디에 있습니까?”

“이 산맥은 너무 넓고 몬스터는 지천에 깔려 있다. 멀리 나갈 수도 없고 어디에 있는지 찾을 수도 없다.”

“그럼 다른 그룹이 있는 것은 어떻게 아시는 겁니까?”

김호철의 물음에 오민수가 한쪽을 가리켰다. 그곳에는 등에 매는 군용 무전기가 몇 대 놓여 있었다.

“무전기를 통해 통신을 나눈다.”

“그렇군요.”

잠시 무전기를 보던 김호철이 오민수를 바라보았다.

“저희가 이곳에 온 이유는…… 게이트 너머로 사라진 저희 동료들을 찾기 위해서입니다.”

“역시…… 우리를 구하러 온 것은 아니군.”

오민수의 허탈한 듯한 목소리에 김호철이 그를 보다가 입을 열었다.

"혹시 저희 동료들이 어디에 있을지 짐작되는 곳이 있습니까?"

김호철의 물음에 오민수가 고개를 저었다.

"인근에선 게이트가 열리지 않았다."

"다른 그룹에 연락해서 알아볼 수는 없습니까?"

"그룹들 간에는 한 가지 약속이 정해져 있는데, 그건 게이트를 통과해 살아남은 이를 구조하게 되면 정해진 채널을 통해 알리는 것이다. 연락이 없다는 것은 발견하지 못했다는 것이다."

"그렇군요."

오민수의 말에 김호철이 박천수를 바라보았다. 박천수는 조금은 편안한 얼굴을 하고 있었다.

"무슨 생각하십니까?"

김호철의 물음에 박천수가 미소를 지었다.

"여기 사람들 그래도 꽤 살아 있네."

이렇게 사람들이 살아 있다면 마리아나 다른 동료들도 살아 있을 것이라는 생각이 드는 것이다.

박천수의 말에 오민수가 눈을 찡그렸다.

"꽤…… 살아 있다?"

"여기만 해도 한 오십 명은 되는 것……."

말을 하던 박천수의 얼굴이 굳어졌다. 어느새 오민수가 그의 앞에 나타나 그의 목을 틀어쥐고 있는 것이다.

"크윽!"

신음을 토하는 박천수의 모습에 김호철의 손이 오민수의 목을 향해 움직였다.

파파팟!

순간 김호철의 옆에 사내 셋이 나타났다. 그리고 자신을 향해 겨누어지는 칼들…….

하지만…….

파파팟!

김호철의 손길에 사내 셋이 그대로 튕겨져 나갔다.

"크으윽!"

"으아악!"

비명을 지르며 뒤로 튕겨지는 사내들과 함께 사방에서 총을 겨누고 노리쇠를 후퇴시키는 요란한 소리가 들려왔다.

철컥! 철컥!

김호철이 오민수의 목에 가볍게 손을 가져다 댔다.

탓!

"여기에 있는 사람을 전부 죽일 생각이 아니라면…… 그 손 놓으십시오."

김호철의 말에 오민수가 힐끗 그를 보고는 박천수의 목을 잡은 손을 내려놓았다.

"콜록! 콜록!"

기침을 요란하게 하는 박천수를 보던 오민수가 입을 열었다.

"우리가 살아남기 위해 치른 다른 이의 희생을…… 우습게 보지 마라. 여기 있는 오십은 오백, 아니, 오천의 희생으로 살아남은 인원이다."

오민수의 말에 김호철이 박천수를 바라보았다. 김호철의 시선에 박천수가 고개를 끄덕이고는 오민수를 향해 말했다.

"제가 잘못 말했습니다. 죄송합니다."

박천수의 말에 그를 잠시 보던 오민수가 고개를 끄덕이고는 쓰러져 있는 사내들을 바라보았다.

그러고는 김호철을 향해 고개를 돌렸다.

"너 강하군."

"저를 도와주신다면 여러분이 지구로 갈 수 있게 돕겠습니다."

"게이트를 통해 넘어가겠다는 그 계획 말이냐?"

"그렇습니다."

김호철의 말에 오민수가 그를 보다가 웃었다.

"게이트가 열린다는 것이 어떤 의미인지 아나?"

"몬스터들이 몰려들면 게이트가 열린다 알고 있습니다."

"그것을 어떻게?"

"이 세상이 아르카디안이라 불리는 것을 아십니까?"

김호철의 물음에 오민수가 고개를 저었다. 아니, 놀란 얼굴로 그를 바라보았다.

"아르카디안? 그것을 네가 어떻게 아는 것이냐?"

"아르카디안 사람들과 접촉을 했습니다."

"지구에서?"

"그렇습니다. 지구에서 이곳으로 사람을 보냈듯, 이 세상에서도 지구로 사람을 보냈습니다. 그동안 이곳 사람들을 만난 적이 없으십니까?"

"없다. 이곳엔…… 몬스터뿐이다."

오민수가 잠시 있다가 한숨을 쉬었다.

"하여튼 윗대가리들은 무슨 생각을 하는지 모르겠군."

그러고는 오민수가 김호철을 바라보았다.

"게이트를 통해 지구로 넘어가는 것……. 우리도 생각해 본 적이 있다. 다만…… 게이트가 열리는 곳에는 말 그대로 셀 수 없이 많은 몬스터가 있다. 우리는 그 많은 몬스터를 뚫고 게이트에 접근할 수 없었다."

"그건 제가 해결해 드리겠습니다."

"어떻게?"

오민수의 물음에 김호철이 하늘을 가리켰다.

"와이번?"

하늘에 있는 와이번을 본 오민수의 중얼거림에 김호철이 고개를 끄덕였다.

"와이번으로 몬스터 중앙에 접근한 후, 제가 그들을 전멸시킵니다. 그리고 게이트가 열릴 장소에 여러분이 위치합니다. 그럼 게이트를 통해 지구로 가실 수 있습니다."

김호철의 간단한 설명에 오민수가 눈을 찡그렸다.

"자네가 그 수많은 몬스터를 막을 수 있을 만큼 강하다는 건가?"

오민수의 물음에 김호철이 고개를 저었다.

"막을 수 있을 만큼 강한 것이 아니라…… 죽일 수 있을 만큼 강합니다."

김호철이 뽑아놓은 몬스터들이 빌딩 주위를 경계하고 있었다. 데스 나이트 칼과 다니엘의 지휘 아래 지켜지고 있는 빌딩 안에서는 웃음소리가 끊이지 않았다.

"하하하! 진짜 맛있다."

"너무 맛있습니다."

사람들이 커다란 솥에 주위에 모여 있었다. 솥 안에서는 라면이 부글부글 끓고 있었고 사람들은 그것을 허겁지겁 먹고 있었다.

물은 한가득인데 라면은 고작 이십 개밖에 넣지 않아 싱겁기 이를 데 없었지만 사람들은 행복해하며 정말 맛있게 먹었다. 한국인에게 라면은 고향의 맛이고 행복인 것이다.

그리고 외국인들은 김호철이 준 초콜릿을 환장하고 먹고 있었다.

김호철은 자신이 가지고 온 식량들을 풀었다.

이유는…… 불쌍했다.

나라를 위해 이곳으로 건너와 짧게는 몇 년, 길게는 몇십 년을 지낸 사람들이 안쓰러운 것이다. 그래서 챙겨 온 음식들을 꺼내 주었다.

사람들이 라면을 허겁지겁 먹는 것을 보고 있을 때 오민수가 다가왔다.

"라면 고맙군."

오민수의 말에 김호철이 그를 보며 말했다.

"무전기 한 대 주실 수 있습니까?"

대뜸 무전기를 달라는 김호철의 말에 잠시 그를 보던 오민수가 고개를 끄덕였다.

"주겠네. 하지만 건전지는 자네가 알아서 충전을 하거나 새로운 것을 구해야 할 것이네."

건전지라는 말에 김호철이 그를 보다 말했다.

"충전이 필요한 건전지가 많습니까?"

"지구에서 보급품들을 보내고 있는 건 알지만 주위에 몬스터가 워낙 많다 보니 멀리 나갈 수 없는 우리로서는 충전된 건전지를 구하기가 쉽지 않지."

"가져오십시오. 충전해 드리겠습니다."

"자네가?"

오민수의 말에 김호철이 손가락을 들어 보였다.

파지직! 파지직!

김호철의 손가락에서 뇌전이 튀기는 것을 본 오민수가 라면을 먹고 있는 부하들에게 건전지를 가져오게 했다.

부하들이 가져온 건전지 중 충전이 필요한 건전지를 든 김호철이 천천히 힘을 주었다.

파지직! 파직! 펑!

하지만 뇌전이 너무 강했는지 건전지 몇 개가 그대로 터져 나갔다.

그것을 교훈을 삼아 더욱 힘을 약하게 주며 건전지를 충전한 김호철이 그것들을 무전기에 꽂았다.

무전기가 작동하는 것을 본 김호철이 약한 뇌전을 이용해 계속해서 건전지를 충전했다.

그때 김호철의 눈에 글자들이 떠올랐다.

〈윤희 언니 멈춰요! 위험해요!〉

갑자기 떠오른 글자에 김호철이 놀라 박천수를 바라보았다.

박천수 역시 글자를 본 듯 놀란 얼굴로 김호철을 바라보았다.

"이건……."

"마리아다."

"윤희한테…… 무슨 일이?"

"제길!"

버럭 고함을 지른 박천수가 땅을 강하게 발로 차고는 입술을 깨물었다.

"마리아, 제발 어디에 있는지 위치를 표시해 줘!"

〈현철 오빠! 윤희 언니 옆으로!〉

〈정민아, HP 관리 잘해!〉

〈천만 오빠! 밀고 들어가요!〉

연신 빠르게 올라오는 글자들에 김호철이 오민수를 바라보았다.

"지구에서 열린 게이트도 모두 이곳으로 통합니까?"

"그건…… 나도 잘 모르네."

오민수가 이곳에 오래 있기는 했지만 그 역시 이 근방 밖으로는 나가지 못해 이 세상에 대해 아는 것은 극히 적었다.

오민수의 말에 김호철이 입술을 깨물고는 박천수를 바라보았다.

"형님, 가죠."

"가자."

김호철이 무전기를 박천수의 등에 매어주었다. 그 옆에서 오민수가 무전기 사용 방법을 알려주었다.

그것을 잘 듣고 있는 박천수를 보며 김호철이 웨어 라이온 둘을 들어오게 했다.

타탓!

웨어 라이온 둘이 들어오자 김호철이 오민수를 바라보았다.

"이 녀석 둘을 놓고 가겠습니다."

"웨어 라이온이라……."

"싸움을 하라고 두는 것이 아닙니다. 제 몬스터들은 거리가 아무리 떨어져 있어도 제가 소환하면 저에게 돌아옵니다. 그때 이곳 방향을 가늠하기 위해서 두고 가는 것입니다."

"위험하지는 않겠지?"

"말을 잘 듣는 녀석들이니 말썽 부리지 않을 것입니다. 그리고 제가 없는 동안 대령님의 명령을 듣게 해놓을 테니 부릴 일이 있으면 부리십시오."

그러고는 김호철이 웨어 라이온들을 보며 오민수를 가리

켰다.

"이분 말씀 잘 듣고 있어."

말을 마친 김호철이 밖으로 나와 하늘에 떠 있는 와이번을
불렀다.

와이번이 거친 바람을 일으키며 내려오자 김호철이 몬스
터를 모두 그 위에 태웠다.

"다른 그룹들에게 저와 제 와이번에 대해 말을 전해 주십
시오. 도울 것이 있으면 돕겠습니다."

"알겠네. 그럼…… 돌아오게."

오민수의 말에 고개를 끄덕인 김호철이 와이번에게 신호
를 주었다.

"날아라!"

김호철의 말에 와이번이 천천히 날개를 펄럭이며 부드럽
게 솟구치기 시작했다.

화아악!

그와 함께 데스 나이트와 합체를 한 김호철도 그 뒤를 따
라 하늘로 솟구치기 시작했다.

쏴아악! 쏴아악!

바람을 가르며 김호철은 빠르게 하늘을 날아가고 있었다.

마리아가 보내던 메시지는 다 모이라는 내용을 마지막으로 더 이상 보이지 않았다.

다 모이라는 내용을 봐서는 위기는 벗어난 것 같았다. 아니었다면 흩어지라거나 피하라는 내용이었을 테니 말이다.

하지만…… 확실하지가 않았다. 너무나 위험한 상황이라 모이라고 했을 수도 있으니 말이다.

어쨌든 김호철과 박천수를 태운 와이번은 빠르게 산맥을 날아가고 있었다.

이미 해가 지고 어두워진 밤이었지만 그들의 수색은 멈추지 않았다.

아니, 더욱 활발해졌다.

파지직! 파파파팟!

김호철의 뇌전의 날개가 거세게 펼쳐지며 사방으로 뇌전을 날려 보냈다. 멀리서도 보일 만큼 크고 거대한 뇌전이었다. 혹시라도 이 뇌전을 보고 신호가 올까 싶어 뇌전의 날개를 더욱 크게 하고 있는 것이다.

파지직! 파지직!

사방으로 뇌전을 날리며 빠르게 날아가던 김호철이 숨을 골랐다. 연신 뇌전을 날리다 보니 마나가 조금 떨어지는 느낌이 들었다.

'뇌전을 날리는 것도 마나 소모가 심하구나.'

생각해 보니 각성을 하고 난 후 이렇게 뇌전을 많이 뿜어 낸 것은 이번이 처음이었다.

김호철이 뇌전의 날개를 펄럭이며 와이번 위로 올라와 섰다.

탓!

김호철이 박천수를 바라보며 물었다.

"뭐 보이는 것 있습니까?"

"없어."

박천수를 보던 김호철의 얼굴에 의아함이 어렸다.

박천수가 손바닥만 한 크기의 네모난 것을 눈에 대고 땅을 보고 있었던 것이다.

처음 보는 물건에 김호철이 의아한 듯 물었다.

"그건?"

"이거 전자 망원경. 과학 참 많이 좋아졌어. 이렇게 작은 데도 엄청 잘 보여."

말과 함께 박천수가 망원경을 내밀자 김호철이 그것을 쥐고는 눈에 가져다 댔다. 그러자 어두운 숲이 잘 보이기 시작했다.

'야투경으로 보는 것 같네?'

실제로 사용해 보지는 못했지만 군대에서 야간 투시경 교육을 받았었다. 교육이라고 해봤자 성능에 대해 알려주고 한 번 써보는 것이 고작이었지만 말이다.

어쨌든 그때 봤던 야투경과 비슷한 시야를 보이는 망원경으로 땅을 잠시 내려다보던 김호철이 박천수에게 그것을 돌려주었다.

"아까 거기서 훔쳐 오신 겁니까?"

"훔치기는. 빌려온 거지. 어쨌든 이거 되게 좋아."

다시 망원경으로 땅을 훑고 있는 박천수를 보며 김호철은 정신을 집중했다.

'마나 고정…….'

정신 집중과 함께 김호철의 주위로 마나의 농도가 짙어지기 시작했다. 그리고 이내 그 마나들이 김호철의 입으로 빨려 들어갔다. 빠르게 마나를 흡수하자 김호철은 몸에 충만한 마나의 기운이 느꼈다.

"후우!"

길게 숨을 내쉰 김호철이 자신의 배를 쓰다듬었다.

'그런데…… 이거 조금 더 커진 것 같은데?'

자신의 배 속에 있을 돌덩어리, 마나석……. 그게 조금 더 커진 것 같은 느낌이 들었다.

잠시 배를 쓰다듬던 김호철이 뇌전의 날개를 펼쳤다.

"수고해라."

"팀장님도 주위 잘 주시하십시오."

김호철의 말에 고개를 끄덕인 박천수가 망원경을 눈에 가져다 댔다.

곧이어 김호철이 와이번의 등을 박찼다.

파앗!

파지직! 파지직!

뇌전의 날개를 펄럭이며 김호철이 다시 높이 날아올랐다.

파지직! 파지직!

그와 동시에 김호철의 손에서 뿜어진 뇌전이 동서남북으로 쏘아지며 사라졌다.

'어디서든 좀 보고 신호 좀 줘라. 제발……'

사방으로 뇌전을 날리며 김호철이 빠르게 앞으로 쏘아져 나갔다.

펄럭! 펄럭!

그리고 그런 김호철의 뒤를 와이번이 빠르게 날개를 펄럭이며 쫓아왔다.

파지직! 파지직!

그렇게 한참을 날며 뇌전을 쏘아대던 김호철은 조금은 놀라고 있었다.

'이놈의 산맥은…… 대체 뭐야? 뭐가 이렇게 넓어?'

해가 지기 전부터 날아 해가 지고 나서도 네 시간 이상을 날고 있었다.

못해도 한국을 위아래로 네 번은 왕복하고도 남을 거리를 날았다.

그런데도 산맥의 끝은 아직도 보이지 않고 있는 것이다.

"미쳐 버리겠네."

이렇게 넓은 곳에서 어떻게 동료들을 찾나 싶어 김호철의 얼굴에 걱정이 어렸다.

하지만 포기할 수는 없었다. 반드시 데리고 돌아가야 하는 동료들이 자신을 기다리고 있는 것이다.

타타탕!

하늘을 빠르게 날아가던 김호철의 귀에 총성이 들려왔다.

"총소리?"

작게 들리기는 하지만 분명 총소리다. 그에 김호철이 주위를 둘러봤다. 그때 그의 머리를 뭔가가 두들겼다.

고개를 드니 그의 머리를 두들긴 것으로 보이는 검은 담배 연기와 와이번의 등에서 고개를 내밀고 있는 박천수가 눈에 들어왔다.

"저쪽!"

박천수가 어딘가를 가리키는 것에 김호철이 그 방향을 바라보았다. 어두운 숲속에서 건 파이어가 요란하게 번쩍이고 있었다.

쾅!

뭔가가 터지는 소리와 불꽃을 보며 김호철이 입술을 깨물었다.

'우리 일행은 아닐 건데…….'

직원들 중 총기를 사용하는 이는 없다. 게다가 행복 사무소의 총기는 모두 지하 훈련장에 보관되어 있다. 총기를 사용하는 이가 있다 해도 지하 훈련장이 게이트에 빨려가지 않았으니 총기를 직원들이 가지고 있을 일이 없는 것이다.

하지만…….

밑에서 총을 들고 싸우고 있는 사람들은 지구인…….

"바빠 죽겠는데!"

신경질적으로 소리를 지른 김호철의 몸이 건 파이어가 요란하게 번쩍이고 있는 숲을 향해 빠르게 떨어져 내리기 시작했다.

파지직! 파지직!

빠르게 땅으로 떨어져 내리던 김호철의 눈에 셀 수 없이 많은 오크가 모여 있는 것이 보였다.

땅이 보이지 않을 정도로 깔려 있는 오크들의 모습에 김호철이 손을 내밀었다.

"골렘!"

김호철의 외침과 함께 그의 손에서 검은 연기가 뿜어지며 골렘들이 모습을 드러냈다.

부우우웅!

대자로 사지를 펼친 골렘들이 그대로 높은 하늘에서 땅으로 떨어져 내렸다.

"쿠에엑!"

하늘에서 뭔가 떨어지는 소리에 고개를 들었던 오크들이 골렘을 발견하고는 비명을 지르며 사방으로 흩어졌다.

하지만…….

쿵! 쿵! 쿵!

굉음과 함께 떨어진 골렘 네 기의 밑에 수십의 오크가 깔렸다.

우두둑! 퍼억!

뼈가 부러지고 가죽이 터져 나가는 듯한 소리와 함께 골렘의 밑으로 피가 터져 나왔다.

골렘이 천천히 몸을 일으키며 주위에 있는 오크들을 향해 손을 움직였다. 골렘의 손에 치인 오크들이 사방으로 날아갔다.

하지만 오크들에게 악재는 골렘만 있는 게 아니었다.

그들의 머리 위로 김호철이 떨어져 내리고 있었다.

"뇌전!"

김호철의 외침과 함께 그의 날개에서 뿜어진 뇌전이 땅으로 쏟아지기 시작했다.

파지직! 파지직!

그리고 그 뇌전들은 땅을 누비며 사방으로 흩어지는 오크들의 뒤를 쫓기 시작했다.

"으으으으윽!"

"크으윽!"

뇌전에 감싸인 오크 떼가 신음도 지르지 못하고 바들바들 떨어대다가 시커멓게 타들어 가며 쓰러져 나갔다.

김호철이 사방으로 뇌전을 뿜어냈다.

파지직! 파지직!

김호철의 뇌전에 몬스터들은 비명도 지르지 못했다. 그저 몸을 부들부들 떨며 숯처럼 새까맣게 타 쓰러질 뿐…….

사방으로 뇌전을 쏟아내던 김호철의 몸이 순간 뒤로 돌아섰다.

파앗!

그리고 김호철의 손에 도끼 하나가 잡혔다. 칼이 날아오는 도끼를 손으로 낚아챈 것이다.

'도끼?'

누가 자신을 향해 도끼를 던졌나 싶어 앞을 본 김호철의 눈에 보통 오크보다 두 배는 더 커 보이는 오크가 그를 노려보고 있었다.

"크르릉!"

낮은 울음을 토하는 오크를 보며 김호철이 미소를 지었다.

"네가 여기 보스인가 보구나."

게이트를 통과해 나타나는 몬스터 중 오크는 가장 낮은 등급에 속한다. 하지만 그런 오크 중에서도 강한 놈이 있다. 김호철이 부리는 오크 전사만 해도 B급에 속하는 몬스터이다.

그러나 지금 눈앞에 있는 오크는 오크 전사보다 더 크고 강해 보였다.

'오크 전사보다 위면 오크 킹쯤 되는 건가?'

그런 생각을 하며 김호철이 힐끗 주위를 바라보았다.

오크들은 사방으로 흩어지고 있었고, 오크 킹만이 그의 앞을 막고 있었다.

"부하들 도망칠 시간을 벌어주려는 건가?"

오크 킹을 보던 김호철이 뇌전을 흡수하고는 손을 저었다.

"내 말 알아들을지 모르지만, 가라."

김호철의 말에 오크 킹이 그를 바라보았다.

그런 오크 킹을 보며 김호철이 그와 자신을 손가락으로 번갈아 가리키고는 자신의 목을 긋는 시늉을 했다.

"덤비면…… 죽어."

김호철의 말에 오크 킹이 그를 보다가 슬며시 뒤로 물러나기 시작했다.

그런 오크 킹을 보며 김호철이 고개를 끄덕이고는 총소리
가 들리던 곳을 바라보았다. 김호철이 날뛴 덕에 오크가 모
두 도망가 총격도 멈춰 있었다.

김호철이 총격이 쏟아졌던 곳으로 소리를 질렀다.

"난 한국 사람 김호철입니다! 아임…… 코리안!"

김호철의 외침에 총격이 들렸던 곳에서 뭔가 움직임이 보
였다.

스윽!

수풀 뒤에서 나오는 사람을 본 김호철의 얼굴이 굳어졌다.

"정민이?"

수풀에서 나온 사람은 정민이었다.

"형!"

소리를 지르며 뛰어오는 정민의 모습에 김호철이 서둘러
그에게 다가갔다.

"정민아! 괜찮아? 다른 사람들은?"

"그게 형…… 흑흑흑!"

눈물을 흘리는 정민의 모습에 김호철의 얼굴이 굳어졌다.

'설마?'

굳은 얼굴로 정민을 보던 김호철이 급히 하늘을 올려다보
았다. 그러자 하늘에서 와이번이 빠르게 내려오기 시작했다.

"정민아!"

와이번 등에서 망원경으로 밑을 내려다보던 박천수가 정민을 발견하고는 서둘러 밑으로 뛰어내렸다.

탓!

"정민아!"

"천수 형!"

박천수의 품에 안겨 울어대는 정민을 김호철이 급히 잡았다.

"다른 사람들은 어떻게 됐어!"

"아! 이리 오세요!"

급히 눈물을 닦아낸 정민이 서둘러 자신이 나온 숲으로 그들을 데리고 갔다.

그에 김호철이 몬스터들에게 주위를 지키라고 명령한 후 정민의 뒤를 따랐다.

그리고…… 정민의 뒤를 따라 들어간 수풀에 동료들이 있었다.

정신을 잃은 듯 쓰러져 있는 동료들…….

오현철은 온몸에서 피를 철철 흘리고 있었고 마리아와 박천만은 의식이 없는 듯 누워 있었다.

그리고 그 옆에서 고윤희가 그들의 배에 손을 댄 채 눈을 감고 있었다.

"윤…….."

"쉿!"

고윤희를 부르며 다가가려는 김호철을 박천수가 급히 잡았다.

"지금 건들면 셋 다 위험하다."

박천수의 말에 김호철이 그를 보자 옆에 있던 정민이 말했다.

"천수 형 말이 맞아요. 지금 윤희 누나가 마리아 누나와 천만 형 내상을 치료하고 있어요."

"두 사람을?"

"누구 하나만 먼저 치료하기에는 두 사람 상태가 다 안 좋았어요. 한 사람을 포기하느니 차라리 셋이 죽겠다고……."

정민의 말에 김호철의 얼굴이 굳어졌다.

"지금 셋 다 위험한 상태라는 거야?"

"천만 형하고 마리아 누나가 몬스터에 둘러싸인 우리를 데리고 탈출할 때 마나를 거의 고갈했어요."

"마나 고갈로 사람이 죽지는 않잖아?"

마나 고갈이라면 김호철도 당해볼 만큼 당해봤다. 이그니스 힘을 사용하기만 하면 마나가 고갈됐으니 말이다. 얼마 전 카인과 싸웠을 때도 마나 고갈을 느꼈었고.

"그건……."

"일단 그 이야기는 나중에 하자. 지금 중요한 것은 마나 고갈 때문에 지금 이 상태라는 거지?"

"네."

정민의 답에 김호철이 숨을 골랐다. 그리고는 양손을 앞으로 내밀었다.

"부족한 마나…… 내가 채운다."

김호철이 마나를 뿜어내려는 순간 박천수가 급히 그를 잡았다.

"안 돼."

"네?"

"네 마나는 암과 뇌야. 이 셋의 마나와 속성이 너무 달라. 오히려 독이 된다."

"윤희는 하고 있잖아요."

"윤희의 마나는 무당파의 내공…… 어쨌든 윤희 마나는 돼도 네 마나는 안 돼."

박천수의 말에 김호철이 입술을 깨물었다가 급히 그를 바라보았다.

"제 내공은 안 되더라도 이 세상의 마나는 상관없겠죠?"

"그건 상관없지. 이 세상의 마나는 자연의 것이니 모든 속성이 다 포함이 되어 있으니까."

박천수의 답에 김호철이 정신을 집중했다.

"마나 고정."

정신을 집중해 주위의 마나를 잡은 김호철이 그것들을 고윤희와 마리아들의 주위로 고정을 시켰다.

화아악! 화아악!

김호철의 정신이 집중이 될수록 마리아와 윤희 주변에 짙은 마나의 결정들이 형성이 되기 시작했다.

그렇게 얼마를 했을까 고윤희가 한숨을 쉬며 눈을 떴다. 그리고……

"우엑!"

고윤희의 입에서 피가 뿜어져 나왔다. 한 사발은 될 것 같은 피를 토하는 고윤희의 모습에 김호철이 놀라 그녀를 바라보았다.

하지만 마나 고정을 풀지는 않았다. 그저 걱정 어린 눈으로 고윤희를 볼 뿐이었다.

'괜찮은 건가?'

김호철이 고윤희를 보며 걱정을 할 때, 그녀가 김호철을 보고는 피식 웃었다.

"새끼…… 왜 이렇게 늦어."

고윤희의 미소에 김호철은 안도가 되었다.

"미안……"

"올 거라 생각했어. 그래서 너를 기다렸어."

"괜찮아?"

"후! 괜찮아. 이거 네가 한 거야?"

고윤희가 앞에 떠다니는 마나 결정을 입으로 삼키며 하는 말에 김호철이 고개를 끄덕였다.

"3번 능력?"

"응."

"크응!"

몸을 일으킨 고윤희가 말했다.

"두 사람 주위에는 그 마나 고정 계속해 줘. 급한 건 풀었는데 부족한 마나는 채워야 하니까."

"넌 괜찮아?"

"난 괜찮으니까 집중이나 해."

고윤희의 말에 김호철이 마나 고정에 집중을 했다. 그러는 사이 박천수는 오현철의 옷을 찢어 몸에 난 상처들을 살피고 있었다. 겉으로 보이는 것과 달리 상처에서는 피가 흘러내리고 있지 않다.

상처들이 불로 지진 것처럼 타 있었다.

"마리아 누나가 불로 상처를 지졌어요."

"과다 출혈보다는 화상이 낫지."

박천수의 귀에 오현철의 신음 소리가 작게 들려왔다.

"물…… 물……."

오현철의 말에 박천수가 김호철을 바라보았다.

"데스 나이트 합체 풀어."

박천수의 말에 김호철이 합체를 해제하자 그는 김호철의 허리띠를 풀고는 그 안에서 생수 통을 꺼냈다.

"현철아, 물 여기 있다. 물 먹어."

박천수가 물을 입가에 들이밀자 오현철이 천천히 물을 마시기 시작했다.

"꿀꺽! 꿀꺽!"

그렇게 몇 모금의 물을 마신 오현철이 박천수를 바라보았다.

"오실 줄 알았습니다."

오현철의 말에 박천수가 입술을 깨물었다.

"미안하다……. 너무 늦게 왔다."

"아닙니다. 크응!"

몸에 힘을 주는 오현철의 모습에 박천수가 급히 그 어깨를 눌렀다.

"일어나지 마라."

"마리아와 천만이는?"

"지금 호철이가 살피고 있으니 네 몸만 신경 써라."

"휴! 마리아와 천만이가 고생했습니다."

"그래, 안다."

"그럼…… 저는 좀 누워 있겠습니다."

오현철이 몸을 눕히는 것을 보던 박천수가 벨트에서 뭔가를 더 꺼냈다.

"자기 전에 이것 좀 먹어."

"소시지?"

"뭐 먹지도 못했을 것 아냐. 회복하려면 단백질 섭취해야 해. 힘들겠지만 먹어."

박천수가 소시지 껍질을 벗겨 오현철의 입에 집어넣었다. 오현철이 입을 우물거리며 소시지를 씹기 시작했다. 그런 오현철을 보던 박천수가 소시지와 생수를 더 꺼내 정민과 고윤희에게 넘겼다.

"너희도 뭐 못 먹었지? 어서 먹어."

박천수의 말에 고윤희와 정민이 급히 소시지와 물을 먹고 마셨다.

"크윽! 좀 살겠네."

"그러게요. 소시지가 이렇게 맛있을 줄이야. 우물우물……"

고윤희가 허겁지겁 소시지를 먹는 정민의 머리를 쓰다듬었다.

"우리 지키느라 애 썼네."

고윤희의 말에 정민의 눈에 눈물이 글썽거렸다.

"나 혼자만 있는데…… 다들 꿈쩍도 못하고……. 너무 무서웠어요."

"그래……. 너 혼자 두는 게 아니었는데……. 미안해."

"아니에요."

동료들을 지키기 위해 혼자서 고군분투했을 정민을 생각하니 너무나 기특한 박천수가 그 머리를 쓰다듬고는 말했다.

"그런데 총은 어디서 난 거야? 우리 사무소 소유의 총은 모두 지하 훈련장에 있었는데?"

"이곳으로 도망치다가 지구에서 보낸 보급 상자를 발견했어요. 그중 두 개를 현철 형이 들고 뛰었는데 여기 와서 보니 총과 수류탄이더라고요."

"잘했다. 그런데 우리 집은 어디에 있어?"

박천수가 주위를 둘러보며 하는 말에 정민이 고개를 저었다.

"모르겠어요."

"몰라?"

"빛과 함께 갑자기 이곳으로 넘어오는 바람에 무슨 상황인지 몰라 당황하고 있는데 몬스터들이 건물 안으로 들어왔어요."

건물 안으로 들어오는 몬스터들은 마리아가 불로 순식간에 태워 죽였다. 하지만 그것은 일부였다. 들어와서 죽은 것보다 안으로 들어오려는 몬스터가 더 많았다.

그것도 셀 수 없이······.

그에 전투 모드로 변한 초아가 몬스터들을 상대하며 직원들이 탈출할 시간을 벌어주었다.

서둘러 밖으로 나온 행복 사무소 직원들은 수많은 몬스터가 있는 것을 보고는 급히 퇴로를 뚫었다.

방어력이 뛰어난 박천만이 길을 뚫고 그 주위를 마리아가 불로 공격했다. 그리고 그 틈을 비집고 들어오는 몬스터를 고윤희가 베었고 정민은 일행들의 뒤를 빠르게 따라 달렸다.

그렇게 몬스터의 포위망을 뚫고 달리다 여기까지 몰리게 된 것이다.

다행이라면 총과 수류탄을 구한 것이었다. 정민의 게임 능력 중 FPS 능력으로 쏘고 던지고 쏘고 던지면서 버티고 있었던 것이다.

하지만 김호철이 조금만 늦게 발견했었다면······ 더는 버티지 못했을 것이다.

2장
일행과 만나다

정민의 설명에 김호철은 안도의 한숨을 쉬었다.

'총소리를 모른 척하고 그냥 갔으면…… 끔찍하구나. 역시 사람은 마음을 착하게 써야 해.'

속으로 중얼거린 김호철이 고윤희를 바라보았다. 고윤희는 소시지를 입에 넣고 연신 씹고 있었다.

"밥 얼마나 안 먹은 거야?"

"몰라."

빠르게 소시지를 먹던 고윤희가 김호철을 바라보았다.

"몸에 마나석 있지?"

"있지."

"마나석에서 마나 뽑아 쓰지 마."

"마나석에서 마나를 뽑아 쓸 수 있어?"

김호철의 물음에 고윤희가 고개를 끄덕였다.

"무공으로 따지면…… 네가 지금 쓰는 마나는 후천지기고 지금 네 배 속에 있는 마나석은 선천지기라 할 수 있어."

"후천지기, 선천지기……."

무공에 대해 잘은 몰라도 이 단어 정도는 알아들었다. 무협 소설에 자주 나오는 단어니 말이다.

후천지기는 내공처럼 사람이 키울 수 있는 힘, 하지만 선천지기는 사람이 태어날 때 가지고 태어나는 생명의 힘이라고 할 수 있었다.

"몸에 있는 마나석은 선천지기 결정이라 할 수 있어. 마나석에서 마나를 모두 뽑아 쓰면…… 죽을 수 있어."

마나석의 마나를 모두 뽑아 쓰면 죽을 수 있다는 말에 김호철이 자신의 배를 쓰다듬었다.

그러다 문득 김호철이 마리아와 박천만을 바라보았다.

"이 두 사람은 마나석의 마나를 뽑아 쓴 건가?"

"몬스터가 워낙 많았으니까."

"마나석의 마나는 어떻게 뽑아 쓰는 거지?"

"나도 조금 꺼내 써보기는 했는데…… 그냥 몸에 힘 떨어지면 저절로 마나석 마나가 뽑혀 나와. 주 전력이 나가면 보조 배터리가 작동을 하는 것처럼. 하지만 거기서 멈취야 해."

고윤희의 말에 김호철이 입맛을 다셨다. 김호철에겐 아주 위험한 일이었다. 김호철의 기술은 모두 마나 소모가 심하다. 따라서 자칫 잘못하면 원하지도 않았는데 보조 배터리인 마나석의 마나를 뽑아 쓸 수도 있는 것이다.

이곳은 마나의 농도가 짙어 마나가 고갈될 일은 없을 것 같지만…… 사람 일이란 모르는 것이다.

누워 있는 마리아와 박천만을 잠시 보던 김호철이 말했다.

"그럼 이 두 사람은 어떻게 되는 거지?"

"마나석이 터질 정도로 마나를 뽑아 쓰지는 않았어. 얼마간 능력을 사용하는 것은 자제해야겠지만 마나석에 마나가 채워지면 별일 없을 거야."

"그나마 다행이군."

작게 중얼거린 김호철이 마리아와 박천만의 주위에 마나 고정을 더욱 집중했다.

그런 김호철을 보며 박천수가 오현철의 몸을 슬쩍 들어서는 마리아의 옆에 내려놓았다. 오현철도 부상을 회복하려면 마나가 필요한 것이다.

그에 김호철이 마나 고정을 오현철의 주위로도 확장시켰다.

"윤희하고 정민이도 마나 소모가 심할 거야. 이 안에 들어가 있어."

"됐어. 여기 마나 농도가 워낙 짙어서 거기 아니더라도 마나 회복은 빨라."

고윤희의 말에 고개를 끄덕인 김호철이 입맛을 다셨다.

"그 오크 떼가 너희를 공격하는 줄 알았으면 모두 죽여 버렸을 텐데."

김호철의 말에 정민이 그를 바라보았다.

"그런데 왜 아까 놔준 거예요?"

"부하들 살리겠다고 두목이 혼자 남은 것 보니까. 짠하더라고. 그래서 놔줬는데…… 죽여 버릴걸."

김호철의 말에 정민이 고개를 저었다.

"됐어요. 그 오크 떼한테 우리가 이렇게 당한 것도 아니고."

"그래?"

"그놈들은 이곳에 숨어든 저희의 피 냄새를 맡고 온 거예요."

정민의 말에 고개를 끄덕인 김호철이 칼을 소환했다.

화아악!

짙은 검은색을 띠고 나타나는 칼을 보며 김호철이 말했다.

"주위를 경계하고 몬스터들이 다가오지 못하게 해."

김호철의 말에 칼이 고개를 숙이고는 몬스터들이 있는 곳으로 움직였다.

그런 칼을 보던 김호철이 누워 있는 마리아와 오현철, 그리고 박천만에게 시선을 옮겼다.

"이제 돌아가자. 이곳은 우리가 살 세상이 아니야."

마리아와 박천만은 해가 뜨고 한참이 지나서야 겨우 깨어났다.

눈을 뜬 마리아는 자신을 내려다보고 있는 김호철을 보고는 미소를 지었다.

"오실 거라 생각했어요."

"제가 좀 늦었습니다."

김호철의 말에 마리아가 웃으며 고개를 저었다.

"아니에요. 늦지 않은 것으로 충분해요."

그러고는 마리아가 고개를 돌려 자신의 옆에 누워 있는 박천만을 바라보았다.

박천만은 말없이 하늘을 보고 있었다.

"오빠는 좀 괜찮아요?"

마리아의 물음에 박천만이 고개를 끄덕이고는 슬며시 몸을 일으켰다.

"……."

하지만 고통이 상당한 듯 얼굴이 잔뜩 굳어졌다. 그 모습에 박천수가 혀를 찼다.

"아프면 그냥 아프다고 해. 소리도 없이 인상만 쓰니 내가 더 아프다."

박천수의 말에 박천만이 말없이 몸을 일으키고는 몸을 비틀었다.

우두둑! 우두둑!

고통이 심할 텐데도 뭉친 근육을 풀어내는 것을 멈추지 않는 박천만의 모습에 작게 혀를 찬 박천수가 초코바를 꺼내 내밀었다.

"일단 배부터 채워라."

박천수가 내미는 초코바를 보던 박천만이 고개를 저었다.

"달아."

박천만의 말에 박천수가 눈을 찡그리고는 초코바 봉지를 뜯어서 그대로 그의 입에 쑤셔 넣었다.

"미친놈. 이런 상황에서 맛을 따지냐? 체력 회복을 하는 데에는 단것이 최고야. 어서 씹어."

인상을 쓰고 박천수를 바라보던 박천만이 입을 움직였다. 달아서 싫다는 말과 달리 박천만은 초코바를 꼭꼭 씹어 먹었다. 맛있어서가 아니라 체력 회복을 해야 한다는 생각 하나로 말이다.

"독한 놈."

말은 그렇게 해도 박천수의 얼굴에는 안도감이 어려 있었다.

마리아에게도 초코바와 소시지들을 내민 박천수가 입을 열었다.

"세 사람 몸은 좀 어때? 움직일 수 있겠어?"

박천수의 말에 마리아가 잠시 숨을 고르고는 몸을 일으켰다.

"크으윽!"

신음을 흘리는 마리아의 모습에 박천수가 고개를 끄덕였다.

"움직일 수 있으면 됐어."

박천수의 말에 마리아가 씁쓸하게 웃었다.

"하지만 전투는 무리예요."

"움직일 수만 있으면 돼. 전투는 호철이하고 내가 하면 되니까."

그러고는 박천수가 김호철을 향해 말했다.

"출발하자."

"조금 더 쉬고 출발하는 것이 낫지 않겠습니까?"

일행들의 회복을 위해서라면 아직 이곳에 더 있어야 할 것 같았다. 오현철의 상처들도 아직 다 아물지 않았다. 움직이면 상처가 다시 터질 수도 있었다.

김호철의 말에 박천수가 고개를 저었다.

"우리 직원 한 명만 외롭게 있을 텐데……. 그 아이도 빨리 찾아야지."

"직원?"

박천수의 말에 김호철이 주위를 보았다.

'빠진 사람은 없는…….'

생각을 하던 김호철이 아차 싶었다. 사람은 아니지만 사람과 같은 존재 하나가 빠진 것이다.

"초아."

김호철의 말에 박천수가 고개를 끄덕였다.

"그래, 초아도 엄연히 우리 직원……. 데려와야지."

박천수의 말에 김호철도 고개를 끄덕였다.

'맞아, 초아도 내…… 가족이다. 초아도 데려와야 한다.'

김호철이 몬스터들 쪽을 바라보자 웨어 울프가 다가오더니 조심스럽게 마리아와 오현철을 안아 들었다.

그에 오현철이 고개를 저었다.

"난 됐어."

"마나는 회복이 됐어도 출혈로 인한 빈혈은 어쩔 수 없습니다. 그러니 안기세요."

김호철의 말에 입맛을 다신 오현철이 웨어 울프의 등에 업혔다. 사실 피를 많이 흘려서 조금은 어지럽기는 했다.

박천만은 자신에게 다가온 웨어 울프를 보며 고개를 저었다.

"싫어."

박천만의 말에 김호철이 고개를 끄덕였다. 박천만이 웨어 울프에게 업혀 다니는 것도 상상이 되지 않고 말이다.

"가죠."

김호철이 몸을 돌려 와이번이 있는 곳으로 걸어가자 일행들이 그 뒤를 따랐다.

"엎드려."

김호철의 말에 와이번이 몸을 낮추고는 날개를 눕혔다. 그들이 날개를 타고 올라올 수 있도록 말이다.

"올라오세요."

김호철의 말에 와이번을 가만히 올려다보던 고윤희가 말했다.

"이제는 와이번도 소환할 수 있는 거야?"

"한 마리 분양받았지. 어서 타."

김호철의 농에 고윤희가 입맛을 다셨다.

"나도 한 마리 갖고 싶다."

어쩐지 조금은 달짝지근한 고윤희의 목소리에 김호철은

서둘러 와이번의 위로 올라갔다. 잘못해서 와이번 달라고 애교라도 피우면 골치 아프다.

동료들이 와이번 위로 올라오기를 기다린 김호철이 몬스터들을 보다가 그중 일부를 흡수했다.

아무래도 많은 수가 타는 것은 와이번에게도 무리가 될 것이란 생각이 든 것이다.

"정민아, 어느 쪽으로 왔는지 기억하고 있어?"

"일단 하늘로 올라가요. 위에서 보면 저희 카페가 보일 수도 있어요."

정민의 말에 고개를 끄덕인 김호철이 와이번의 몸을 손으로 두들겼다.

"날자."

김호철의 말에 와이번이 날개를 펄럭이기 시작했다.

펄럭! 펄럭!

거대한 날개를 양쪽으로 강하게 휘젓던 와이번이 땅을 발로 박찼다.

파앗!

그와 함께 와이번의 몸이 하늘로 떠오르기 시작했다.

펄럭! 펄럭!

힘겹게 날갯짓을 하는 와이번의 모습에 김호철이 주위를 둘러보았다.

'아무래도 수가 많으니 힘이 드는 모양이네.'

몬스터를 좀 흡수했다고 해도 지금 와이번의 몸 위에는 총 스물의 몬스터와 사람이 있었다. 그 무게만 해도 상당하니 와이번이 힘이 부족한 것이다.

김호철이 와이번의 몸에 손을 대고는 마나를 불어넣었다.

화아악!

김호철의 손에서 뿜어진 검은 기운이 와이번의 몸에 흡수 되며 그 몸을 검게 물들이기 시작했다. 그에 와이번이 힘이 나는 듯 날개를 다시 힘차게 펄럭이며 빠르게 솟구치기 시작 했다.

하늘 높이 솟구친 와이번의 등에서 김호철이 주위를 둘러 보았다.

"어디에 있는지 알겠어?"

김호철의 말에 정민이 주위를 둘러보았다.

하지만 보이는 거라고는 끝없이 펼쳐진 수풀과 산맥들뿐 이었다.

"산을 좀 넘었던 것도 같고……. 저쪽으로 가 보죠."

정민이 가리키는 곳을 본 김호철이 와이번을 조종했다.

"가자."

김호철의 말에 와이번이 날개를 펄럭이며 그가 가리키는 곳으로 날아가기 시작했다.

그리고…….

"저기다!"

고윤희가 한쪽을 가리키는 것에 김호철이 고개를 숙였다. 그리고 익숙한 건물이 그의 눈에 들어왔다.

"수정 카페다."

김호철의 외침에 사람들이 수정 카페 쪽을 바라보았다.

수정 카페 주위에는 셀 수 없이 많은 몬스터 사체가 흩어져 있었다. 뿐만 아니라 건물에도 몬스터의 사체들이 여기저기 걸려 있었다. 창문을 뚫고 걸려 있는 놈들부터 벽을 뚫고 나와 있는 놈들까지…….

많이 무너지고 몬스터 사체로 더럽혀진 수정 카페의 모습에 사람들은 말을 잇지 못했다.

'빠져나올 때 힘들었겠구나.'

수정 카페 근처에 널려 있는 몬스터 사체들을 보니 이곳을 벗어날 때의 위기가 눈에 보이는 듯했다.

잠시 그 모습을 보던 김호철이 주위를 둘러보았다.

"내가 먼저 내려가서 몬스터들이 있는지 확인하겠습니다."

그러고는 김호철이 그대로 와이번의 등에서 뛰어내렸다.

파지직! 파지직!

뇌전의 날개를 휘날리며 김호철이 수정 카페 건물 앞에 내려섰다. 뇌전의 날개를 흡수한 김호철이 고함을 질렀다.

"으아아악! 아아악!"

알 수 없는 이상한 괴성을 마구 지르자 근처 수풀이 움직이며 몬스터들이 하나둘씩 나타나기 시작했다.

"크르릉!"

"으르릉!"

자신의 주변으로 많은 몬스터가 모여들자 김호철이 피식 웃었다.

"그래, 그렇게 나와야지."

김호철이 데스 나이트와 합체도 하지 않고 땅에 내려선 이유는 단 하나다. 데스 나이트를 보고 몬스터들이 숨을까 싶었던 것이다.

몬스터의 종류는 다양했다. 웨어 라이온과 웨어 울프, 거기에 이름도 알지 못할 것 같은 놈들까지…….

그들을 보던 김호철이 손을 들었다.

화아악!

순간, 하늘에서 수십 개의 검은 기운이 땅으로 떨어졌다.

화아악! 화아악! 화아악!

그리고 그것들은 곧바로 김호철의 몬스터로 변했다.

"크아앙!"

"으아앙!"

김호철의 몬스터가 자신들을 둘러싼 몬스터들을 향해 괴성을 지르자…… 그에 지지 않겠다는 듯 김호철의 주위를 둘러싼 몬스터들 역시 마주 괴성을 지르기 시작했다. 마치 괴수 영화의 한 장면과 같은 모습이었다.

김호철이 손을 들었다.

"다…… 죽여."

"크아앙!"

검은 털을 휘날리며 웨어 라이온이 자신과 같은 웨어 라이온의 목을 그대로 물어뜯었다.

웨어 라이온의 피를 잔뜩 뒤집어쓴 김호철의 웨어 라이온이 괴성을 지르는 것을 신호로 하여 사방에서 몬스터들의 살육이 벌어지기 시작했다.

다니엘의 창은 빠르게 움직이며 몬스터들의 몸에 치명적인 부상을 주었다.

움직이지 못하도록 다리를 공격하고, 공격을 하지 못하도록 어깨를 부쉈다.

다니엘은 멈추지 않았다. 그저 앞으로 달려 나가면서 보이는 몬스터들을 죽일 수 있으면 죽이고, 그게 안 되면 치명상을 주며 움직였다.

다니엘의 목적은 단 하나.

적을 많이 죽이는 것이 아니라, 더 많은 적을 전투불능으로 만드는 것이었다.

그리고 그런 다니엘의 목적대로 그의 손에 의해 치명상을 입은 몬스터들은 그 뒤를 따라오는 오크 전사들에 의해 죽어 나갔다.

자신의 몬스터들이 그들보다 몇 배는 더 많은 몬스터를 상대로 압도적인 싸움을 해나가는 모습을 보며 김호철이 고개를 끄덕였다.

'같은 급이라도 내 몬스터들이 더 강하다.'

사실 지금 김호철이 나서지 않는 이유는 자신의 몬스터들이 어느 정도 수준인지 확인하기 위해서였다.

그리고 결론은 김호철 자신의 몬스터들이 더 강하다였다.

자신이 나설 필요도 없이 빠르게 주위를 정리해 나가는 몬스터들을 보던 김호철이 손을 들었다. 그러자 하늘에 떠 있던 와이번이 천천히 내려오기 시작했다.

와이번이 내려앉아 바닥에 엎드리자 직원들이 땅으로 내려섰다. 그 뒤 하늘로 솟구친 와이번이 몬스터들을 공격하기 시작했다.

그 모습을 보던 김호철이 직원들을 바라보았다. 마리아와 윤희들은 어느새 건물 안으로 뛰어 들어가고 있었다.

"초아야!"

마리아의 외침에 희미한 빛과 함께 초아의 모습이 나타

났다.

─오셨습니까.

평소와 다름없는 초아의 딱딱한 목소리에 마리아가 안도
의 한숨을 쉬고는 그녀를 안았다.

"무사해서 다행이야."

마리아의 품에 안겨 있던 초아가 입을 열었다.

─소장님과 다른 분도 무사해서…… 다행입니다.

"어디 다친 곳은 없어?"

─마나 보유량이 7.5%까지 저하되었습니다.

"그런 말이 아니라…… 다친 곳은 없어?"

마리아의 말에 초아가 고개를 끄덕였다.

─저는 괜찮습니다.

"다행이다."

마리아가 안도를 하는 것을 보며 직원들도 초아를 보며 안
도감을 느꼈다.

"초아가 무사해서 다행이다."

"그러게요."

사람들이 안도했다.

마리아가 초아를 보며 말했다.

"네 핵은 무사해?"

─무사합니다.

"그럼 마나석만 갈아주면 되겠네?"

마리아의 말에 초아가 고개를 끄덕였다.

"여기서 기다리세요. 초아 핵에 마나석을 갈아주고 올게요."

마리아가 2층으로 올라갔다.

김호철이 주위를 둘러보다가 부서진 의자들을 치우기 시작했다.

"뭐해?"

"청소 좀 하려고요. 난장판이 따로 없네요."

김호철의 말에 직원들이 커피숍을 바라보았다. 김호철의 말대로 커피숍 안은 난장판이었다. 멀쩡한 집기는 하나도 없었고 피와 살점. 거기에 몬스터들의 사체가 여기저기 널려 있어 귀신의 집이라 해도 여기보다는 아늑하게 보일 지경이었다.

잠시 안을 보던 직원들도 고개를 끄덕이고는 말없이 청소를 하기 시작했다.

청소. 부질없다는 것을 그들도 알고 있었다. 이 건물을 가지고 게이트가 열릴 곳으로 갈 수 없으니 말이다.

하지만 직원들은 그에 대해서 이야기하지 않았다. 그저 묵묵히 청소를 할 뿐이었다.

몬스터 사체를 들어 밖으로 던지던 고윤희가 문득 김호철을 바라보았다.

"그런데 생각보다 빨리 왔네?"

"뭐가?"

"지구랑 여기랑 시간이 열 배 차이 나니까. 우리는 최소한 네가 열흘 정도는 걸려서 올 것이라 생각을 했거든. 거기에 우리 찾는 데 시간도 걸릴 거고……. 어쨌든 조금 걸릴 거라 생각했는데 이틀 만에 우리를 찾았잖아."

고윤희의 말에 김호철이 고개를 끄덕이고는 그에 대한 이 야기를 해주었다.

신의 아이가 게이트를 열어 건물을 이곳으로 날렸다는 이 야기에 오현철과 정민이 분통을 터뜨렸다.

"그때 신의 아이 놈들을 모두 끝장을 냈어야 했는데."

"한 놈을 놓친 것이 이렇게 돌아올 줄이야. 역시 잡초는 뿌리째 뽑았어야 했어요."

두 사람의 말에 고윤희도 열이 받는지 화를 냈다.

"이런 개새끼를 보았나. 왜 화를 우리한테 풀어!"

고윤희의 말에 김호철이 작게 고개를 저었다.

"진정해. 내가 그놈 잡아서……."

"풀 거면 호철이한테 풀어야지. 왜 우리야! 엉?!"

자신을 향해 손가락질을 하는 고윤희의 모습에 김호철이 입맛을 다시고는 들고 있던 몬스터 사체를 밖으로 집어 던졌다.

　직원들이 청소를 하는 사이 위층에 올라갔던 마리아가 커다란 등산 가방을 하나 메고 내려왔다.

　"짐 챙기신 거예요?"

　김호철의 물음에 마리아가 고개를 젓고는 주위를 둘러보았다.

　"이 건물…… 가지고 갈 수 없지만 초아는 데리고 가야 해요. 그래서 초아 핵과 마나석을 가방에 넣어온 거예요."

　"그럼 초아는?"

　"지금은 핵 안에서 쉬고 있어요. 지구에 가서 새로운 건물에 장착을 하기 전까지는 쉬게 할 생각이에요."

　마리아가 가방을 가볍게 두들기고는 사람들을 바라보았다.

　"여러분도 짐 챙길 것 있으면 가져들 오세요."

　마리아의 말에 사람들이 고개를 끄덕이고는 2층으로 올라갔다.

　지금 그들이 입고 있는 옷은 피와 땀으로 범벅이 되어 있다. 그래서 갈아입을 옷이라도 몇 벌 챙기려는 것이다.

　사람들이 위로 올라가자 마리아가 카페 안을 바라보았다.

　"청소를 했네요."

"이 카페도 우리에게는 가족과 같은 곳인데…… 갈 때 가더라도 청소는 하고 싶었습니다. 다른 분들도 모두 같은 마음이었던 것 같고."

김호철의 말에 마리아가 작게 한숨을 쉬고는 바를 손으로 쓰다듬었다. 그 탓에 바 위에 묻은 몬스터의 피가 손에 묻었지만 마리아는 개의치 않았다.

가만히 탁자를 손으로 쓰다듬던 마리아가 무슨 생각이 났는지 김호철을 바라보았다.

"허리띠 좀 푸세요."

"허리띠요?"

"갈 때 가더라도 먹을 것은 챙겨 가야죠."

마리아의 말에 김호철이 고개를 끄덕였다. 허리띠를 풀자 마리아가 바 위를 넘어가서 냉장고를 열었다. 다행히 몬스터들이 냉장고 안은 건드리지 않아 안에 있던 음료수들과 물들은 멀쩡했다.

마실 것들을 김호철이 벌린 허리띠 안으로 집어넣은 마리아가 카페에서 팔던 쿠키와 음식을 마저 집어넣었다.

"고기랑 야채는 못 쓰겠네요."

상한 것 같은 고기와 풀이 죽은 야채들을 보며 마리아가 한숨을 쉬자 김호철이 고개를 저었다.

"그래도 음료수와 쿠키도 있고, 소장님이 아끼는 커피도 무사하잖습니까."

"그건 그렇네요."

말과 함께 마리아가 커피가 담긴 봉지와 커피를 만드는 주전자들을 허리띠 안에 넣었다.

그러는 사이 위에 올라갔던 사람들이 가방 하나씩을 등에 메고 내려왔다. 다만…… 고윤희만이 커다란 쇼핑백을 양손에 하나 가득 들고 있었다. 정민이도 같은 쇼핑백을 들고 있는 것으로 보아 모두 고윤희의 것인 듯했다.

"그걸…… 다 가지고 가게?"

"내 애기들인데 어떻게 두고 가."

"그걸 다 어떻게 하려고?"

"어떻게 하기는…… 벌려."

벌리라는 말에 김호철이 눈을 찡그리자 고윤희 역시 눈을 찡그렸다.

"지금 무슨 생각을 하는 거야. 허리띠 벌리라고."

"아……."

김호철이 허리띠를 벌리자 고윤희가 그 안에 자신이 들고 온 짐들을 집어넣기 시작했다. 고윤희가 짐을 다 넣은 뒤, 김호철은 다른 사람들의 가방도 허리띠 안으로 집어넣었다.

'다른 건 몰라도 카인에게 이 허리띠를 받긴 정말 잘했구나.'

김호철이 중얼거릴 때 어느새 내렸는지 마리아가 커피를 잔에 따라 바 위에 올려놓았다.

"이것이 저희 수정 카페에서 파는 마지막 커피네요."

마리아의 말에 박천수가 웃으며 커피 잔을 들었다.

"그렇지 않아도 파리만 날리던 곳인데 잘됐어. 지구로 돌아가면 커피 말고 육개장집을 열자고."

박천수의 말에 마리아가 슬쩍 그를 쏘아보았다. 그 시선에 박천수가 입맛을 다시고는 커피를 마셨다.

"아니면 수정 카페 분점을 하나 내도 되고."

"분점?"

김호철이 박천수를 보자 그가 다 마신 커피 잔을 내려놓았다.

"본점은 여기에 있어야 하니까. 지구에 있는 것은 분점이지. 우리한테 있어 수정 카페 본점은……."

박천수가 카페를 스윽 보고는 입을 열었다.

"이곳이니까."

박천수의 말에 김호철과 직원들이 잠시 있다가 커피 잔을 들고는 마셨다.

'맛이…… 쓰네.'

물론 평소에도 마리아가 만든 커피는 썼다. 하지만 지금 마시는 커피는 유난히 썼다.

마리아가 그들을 보다가 고개를 끄덕였다.

"여러분에게 한 가지 의뢰를 하겠어요."

갑자기 의뢰라는 말에 사람들이 그녀를 바라보았다. 그 시선을 받으며 마리아가 입을 열었다.

"죽지 마세요. 우리는 반드시…… 살아서 지구로 갑니다. 이것이 제가 여러분에게 드리는 의뢰예요."

마리아의 말에 박천수가 피식 웃었다.

"후! 목숨을 건 의뢰라……. 그런 의뢰는 비용이 비싼데 마리아가 낼 수 있겠어?"

박천수의 말에 마리아가 그와 직원들을 바라보았다.

"살아서 돌아가면 십억씩 드리죠."

"이야! 십억짜리 의뢰라……. 이거 반드시 살아서 돌아가야겠는데?"

웃으며 마리아를 보던 박천수가 일행들을 돌아보았다.

"난 의뢰받을 건데, 너희들은 어쩔래?"

"돈 버는 일인데 당연히 해야죠."

정민의 말에 오현철도 웃었다.

"그렇지 않아도 마누라가 돈 모자라다고 징징거렸는데 모처럼 큰 의뢰네."

"난 의뢰비 받으면 중국에 가서 무공이나 더 배우고 와야겠다."

고윤희들의 말에 김호철이 피식 웃었다.

"좋네. 나는 십억 받으면…… 장가나 갈까?"

김호철의 말에 고윤희가 그를 바라보았다.

"누구한테?"

고윤희의 말에 김호철이 피식 웃으며 몸을 돌렸다.

"누군가는 오겠지. 십억이면 환장할 애도 한 명 알고."

웃으며 김호철이 문을 열고는 말했다.

"갑시다. 십억 벌려면 지금부터 바쁘게 돌아다녀야 하니까."

"그래, 가자!"

박천수가 열린 문을 통해 밖으로 나가자 일행들도 그 뒤를 따랐다.

사람들을 따라가던 고윤희가 문득 김호철을 바라보았다.

"진짜 누구 있어?"

"글쎄……."

그러고는 걸음을 옮기는 김호철의 모습에 고윤희가 눈을 찡그렸다.

"누군데!"

밖으로 나서는 김호철의 뒤를 쫓으며 고윤희가 소리를 빽 질렀다.

가장 마지막에 있던 마리아가 고개를 돌려 잠시 카페 안을 돌아보았다.

마리아가 입을 열었다.

"그동안…… 고마웠어요."

그리고 몸을 돌려 밖으로 나가려던 마리아가 귓가로 들려오는 익숙한 소리에 발을 멈췄다.

딸랑!

그녀의 발끝에 걸린 방울…….

수정 카페 문에 달려 손님이 들어오고 나가는 것을 알려주던 방울이 그녀의 발끝에 걸려 있었다.

잠시 그것을 보던 마리아가 방울을 들었다.

"너는 나하고 같이 가자."

딸랑!

마치 답을 하는 것처럼 청아한 소리를 내는 방울을 손에 쥔 마리아가 일행들을 향해 뛰어갔다.

행복 사무소 직원들은 오민수 대령의 빌딩에서 머물고 있었다.

게이트가 언제 어디서 열릴지 알 수 없고, 한국 사람들을 두고 가는 것도 마음에 걸려서 돌아온 것이다.

여기에 있는 사람들이 짐이 될 수도 있다. 하지만…… 두고 갈 수는 없었다. 그들을 기다리는 부모님과 형제들을 생각하니 김호철은 그들을 놔둘 수가 없었다.

게다가 게이트를 뚫고 가는 것도 일단은 사람이 많으면 유리할 수도 있고 말이다. 하지만 김호철이 한 가지 생각하지 못한 것이 있었다. 이 오민수 대령과 그 부하들은…… 수십 년간 여자를 보지 못한 남성 집단이라는 것이었다.

힐끗! 힐끗!

마리아는 사람들의 시선이 조금 거북한 듯 몸을 웅크렸다.

그 모습에 김호철이 눈을 찡그리고는 주위에 있는 군인들을 향해 말했다.

"왜들 그러는지 알겠지만…… 적당히 보시면 좋겠군요."

김호철의 말에 사람들이 헛기침을 하며 슬며시 고개를 돌렸다.

사실 마리아와 고윤희가 나타난 순간 한국인들은 어느 정도 점잖은 모습을 보였지만 외국인들은 자제하지 못하고 바로 마리아와 고윤희에게 말을 걸고 치근덕거리기 시작했다.

거기서 멈췄다면 괜찮았겠지만 한 외국 병사가 마리아의 손을 잡았고 그것을 본 김호철과 오현철이 바로 그를 두들겨 패버린 것이다.

그렇게 김호철의 무서움을 알게 된 병사들이 더 이상 마리아에게서 시선을 주지 않고 다른 곳으로 고개를 돌렸다.

마리아 말고도 여자는 있었다. 바로 고윤희였다.

그녀는 창가에 걸터앉아 있었다. 그것도 치마를 입은 채말이다.

펄럭! 펄럭!

바람결에 치마가 슬쩍슬쩍 들춰질 때마다 그녀의 하얗고 늘씬한 다리가 모습을 보였다가 사라졌다.

"꿀꺽!"

"꿀꺽!"

그럴 때마다 사내들이 군침을 삼키며 홀린 듯이 고윤희에게 조금씩 다가가고 있었다.

그 모습에 김호철이 한숨을 쉬었다.

'저건 왜 저런 걸 즐기는 거야.'

지금 고윤희는 사람들의 시선을 즐기고 있었다.

"야, 사람들이 쳐다보잖아. 치마 입고 뭐하는 짓이야. 그러다 팬티 보여."

"안에 속바지 입었어. 그리고 팬티 정도 보이면 좀 어때."

"좋냐?"

"여기서는 내가 전지현이고 설연이다. 후후후!"

사람들 시선을 좀 의식하라는 자신의 말에 이렇게 대꾸하던 고윤희를 떠올리며 김호철이 고개를 저었다.

'미친년······.'

김호철이 속으로 중얼거릴 때 한 남자가 그에게 다가왔다.

"대령님께서 찾으십니다."

남자의 말에 김호철이 고개를 끄덕이고는 박천수를 바라보았다. 박천수는 군인들과 수정 카페에서 가지고 온 쿠키를 걸고 포커를 치고 있었고, 박천만은 창가에 몸을 기댄 채 밖을 내다보고 있었다.

그런 그들을 보던 김호철이 입맛을 다시고는 오현철을 바라보았다. 오현철은 아물기 시작하는 상처들에 연고를 바르고 있었다.

"마리아하고 윤희 좀 챙겨주세요."

상처에 바르는 연고가 따가운 듯 인상을 잔뜩 쓰며 오현철이 고개를 끄덕였다.

"다녀와."

오현철의 말에 고개를 끄덕인 김호철이 자신을 데리러 온 남자를 따라 오민수가 있는 곳으로 걸어갔다.

오민수가 있는 곳은 바로 옆에 방이었다.

김호철이 있던 곳은 대원들이 휴식을 취하는 곳이었고, 오민수가 있는 곳은 일이 생기면 바로 출동할 수 있는 전투원들이 머무는 곳이었다.

커다란 빌딩이었지만 오민수와 그 부하들이 사용하는 방은 단 두 개였다. 사람들이 머무는 방이 많으면 전력이 분산되기에 최대한 가까이 모아놓고 지내는 것이다.

어쨌든 옆방에 들어선 김호철은 정민과 무언가를 의논하고 있는 오민수를 볼 수 있었다.

"형, 이리 오세요."

정민의 부름에 김호철이 다가오자 오민수가 탁자에 놓여 있는 태블릿 PC를 가리켰다.

"자네가 전력을 충전을 해준 덕에 드론으로 주변 지도를 만들어냈네."

"드론이 있었습니까?"

"있었지. 전기가 없어서 띄우진 못했지만."

오민수가 태블릿 PC의 화면을 손으로 눌렀다.

"일단 주위 10㎞ 이내를 찍어서 지도로 만들었네."

화면을 크게 만들어 지도를 보여준 오민수가 다시 PC를 조작했다. 그러자 화면에 붉은 점들이 찍히기 시작했다.

"이 붉은 점들은……."

"몬스터인가 보군요."

액션 영화에서 이런 게 나오는 걸 본 적이 있다. 감지된 생체 열이 지도에 표시되는 것을 말이다.

김호철의 말에 오민수가 고개를 끄덕였다.

"맞네. 여기, 여기에 몬스터의 개체수가 가장 많아."

오민수가 몇 곳을 가리키자 김호철이 고개를 끄덕였다.

오민수의 말대로 그가 가리킨 곳에는 붉은 점이 잔뜩 찍혀 있었다.

"하지만 변온 몬스터인 나가처럼 체온이 감지되지 않는 몬스터도 있을 거예요."

정민의 말에 김호철이 고개를 끄덕였다.

"그건 그렇겠지. 하지만 일단은 많은 곳부터 조지는 것이 가장 좋을 것 같아."

"그건 그렇죠. 흠…… 그럼 시험 삼아 여기서, 여기까지 몰아볼까요?"

정민이 지도에 가장 많은 붉은 점이 찍힌 곳을 가리키며 하는 말에 김호철이 고개를 끄덕였다.

김호철과 정민은 게이트를 직접 열어볼 생각이었다.

이 넓은 산맥 어디에서, 그리고 언제 게이트가 열릴지 모른다. 그렇다면 인위적으로 게이트를 여는 것이 더 나을 수 있었다.

"그런데 정말 몬스터들이 모이면 게이트가 열리는 건가?"

오민수의 물음에 김호철이 고개를 끄덕였다.

"몬스터가 일정 개체 이상 한 지역에 모이면 게이트가 열리는 것으로 알고 있습니다."

그러고는 김호철이 지도를 자세히 보다가 말했다.

"그래서 일단 시험 삼아서 얼마나 많은 몬스터가 모여 있어야 게이트가 열리는지 알아볼 생각입니다."

김호철의 말에 오민수가 고개를 끄덕이고는 옆에 놓인 잔을 들어 입에 가져갔다.

"흠⋯⋯."

향긋한 커피 향에 잠시 취한 듯 멍하니 있던 오민수가 미소를 지었다.

"커피를 다시 마시게 될 줄은 생각도 못 했는데⋯⋯. 마리아 양에게 고맙다고 해야겠군."

오민수의 말에 고개를 끄덕인 김호철이 창가로 다가가서 밑을 내려다보았다. 빌딩 주위에는 다니엘과 김호철의 몬스터들이 흩어져서 경계를 서고 있었다.

잠시 밑을 보던 김호철이 손을 들었다. 그러자 하늘에 떠 있던 가고일 세 마리가 밑으로 내려왔다.

펄럭! 펄럭!

날아다니는 가고일의 품에는 망원경을 든 군인 셋이 안겨 있었다. 하늘 위에서 주위를 경계하고 있었던 것이다.

그들을 내리게 한 김호철이 정민을 바라보았다.

"네가 가고일 타고 위에서 주위를 좀 살펴줘."

"알았어요."

오민수를 향해 고개를 돌린 김호철이 말했다.

"그쪽에 혹시 탐지 계열 능력을 가진 분이 있습니까?"

"몇 있네."

"그럼 그중 두 분만 제 가고일에 태웠으면 합니다."

"알았네."

오민수가 부하를 부르는 것을 보던 김호철이 바깥에서 빌딩 주변을 경계하던 다니엘에게 손짓했다.

그러자 땅에서 다니엘이 훌쩍 땅을 박차더니 빠르게 빌딩의 벽을 타고 달려오기 시작했다.

타타탓!

휘익!

단숨에 창가로 뛰어올라 온 다니엘에게 김호철이 말했다.

"지금부터 몬스터 몰이를 시작할 거다. 땅에서부터 몬스터를 몰고 오면 된다."

김호철의 말에 다니엘이 고개를 끄덕였다.

와이번의 등에 몬스터들을 태운 김호철은 곧 도착한 오민수의 부하 둘도 가고일의 품에 안기게 했다.

그렇게 준비를 마치고 출발하려는 김호철에게 오민수가 소형 무전기를 내밀었다.

"30㎞ 이내에서는 통신이 가능하네. 그 범위 밖으로 나가면 통신이 어려우니 주의하게."

오민수의 말에 고개를 끄덕인 김호철이 무전기를 정민에게 내밀었다.

"네가 가지고 있어."

무전기를 받은 정민이 무전기를 손으로 눌러보다가 말했다.

"거리 밖이라 통신은 안 돼도 이 치치직거리는 소리는 들릴 것 같은데, 맞나요?"

"아주 멀면 안 되겠지만 한 40㎞ 안에서는 될 걸세."

"그럼 혹시라도 여기가 위험에 처하면 길게 누르고 계세요. 즉시 돌아오겠습니다."

"알겠네."

정민이나 김호철에게 다른 신호는 필요 없다. 이곳이 위험한지 안 그런지만 알면 된다. 이곳에는 그들의 동료가 있으니 말이다.

"가자."

어느새 데스 나이트와 합체를 한 김호철이 창밖으로 몸을 날렸다.

파지직! 파지직!

순식간에 뇌전의 날개를 만들어낸 김호철의 뒤로 가고일이 따랐다.

3장
몬스터 몰기

파지직! 파지직!

"크아앙!"

김호철의 날개에서 뿜어진 뇌전이 땅을 지지며 사방으로 뻗어 나가자 땅에 있던 몬스터들이 도주하기 시작했다.

하지만 도주로를 막아선 김호철의 몬스터와 다니엘의 모습에 놀란 몬스터들은 도망가던 발걸음을 돌려 다시 앞으로 달아나기 시작했다.

파지직! 파지직!

연신 뇌전을 뿜으며 몬스터들을 앞으로 몰아가던 김호철의 눈에 저쪽에서 와이번이 하강하는 것이 보였다.

쏴아악!

빠르게 하강하던 와이번이 몬스터 하나를 낚아채서는 그 대로 땅으로 내던졌다.

쾅!

땅에 떨어지며 그대로 터져 나가는 몬스터. 그 모습에 몬스터 몇이 나무를 기어 올라가 와이번을 향해 몸을 날렸다. 하지만 이미 와이번은 저 멀리 솟구친 상태라 허무한 움직일 뿐이었다.

비행형 몬스터를 상대하기 어려운 이유가 바로 이것이었다. 날 수 없거나 원거리 공격을 할 수 없으면 상대할 방법이 없는 것이다.

어쨌든 김호철과 와이번이 몬스터들을 한곳으로 몰자 금세 발에 채일 정도의 수가 모여들었다.

'이 정도면…… 지구에 소환되는 몬스터 숫자하고 비슷한 것 같은데.'

밑을 내려다보던 김호철이 뇌전을 다시 땅에 쏟아냈다.

파지직! 파지직!

그러는 사이 김호철의 옆에 가고일이 다가왔다.

"수가 몇이나 될 것 같아?"

가고일에 타고 있던 정민이 밑을 훑어보다가 말했다.

"대략 팔백은 될 것 같은데요."

"그런데도 아직 게이트가 안 열리네."

"아무래도 등급이 높은 몬스터가 없어서 그런 것이 아닐까요? 밑에 있는 건 대부분 오크와 트롤처럼 집단생활을 하는 놈인 것 같은데."

"흠……."

잠시 땅을 보던 김호철이 고개를 끄덕였다.

일리가 있었다. 게이트가 열리고 쏟아져 나오는 몬스터 중에는 최소 A급이 하나 끼어 있었다.

'수보다 질이 더 중요한가?'

그런 생각을 하던 김호철이 혀를 찼다. 만약 그렇다면 A급 몬스터를 몇 마리 잡아다 놓아야 했다.

하지만 곧 김호철은 고개를 저었다.

'A급 몬스터는 나도 있으니 잡아올 필요는 없겠구나.'

A급 몬스터라면 데스 나이트와 오거, 거기에 와이번도 있다. 수보다 질이 문제라면 김호철의 몬스터로 해결될 일이었다.

그런데 지금 이 자리에도 김호철의 몬스터들이 있었다. 와이번과 데스 나이트가 몬스터를 몰고 있으니 말이다.

'그럼 몬스터가 더 있어야 한다는 건가?'

김호철이 정민의 옆에서 다른 가고일에 타고 있는 사람을 바라보았다.

〈이진원〉

가슴에 적힌 명찰을 보며 김호철이 물었다.

"이곳으로 넘어오셨을 때 주위에 몬스터들이 얼마나 있었습니까?"

김호철의 물음에 이진원이 고개를 저었다.

"도망치느라 정신이 없어서……. 하지만 아주 많았던 것 같습니다."

이진원의 말에 김호철이 잠시 생각을 해보았다.

'확실히 내가 왔을 때도 땅에 몬스터가 바글바글하기는 했지.'

와이번을 타고 있어 전투를 하진 않았지만.

'카인도 게이트를 통해 넘어가는 몬스터는 일부라고 했으니…….'

그런 생각을 하던 김호철이 땅을 보다가 입맛을 다셨다.

'그럼 결론은 수가 문제라는 건가?'

땅을 내려다본 김호철이 한숨을 쉬었다.

"이거 얼마나 몰아야 되는 거야?"

파지직! 파지직!

땅에 뇌전을 한참 쏟아붓던 김호철에게 정민이 소리쳤다.

"형! 저기!"

정민의 외침에 김호철이 그가 가리키는 곳을 보았다. 그리고 급히 멈췄다.

그의 눈에 저 멀리서 마나가 뭉쳐 결정이 만들어지는 것이 보였다.

마나 결정이 생긴다는 것은 곧 게이트가 열린다는 의미.

"게이트가 열린다. 뒤로 물러나!"

김호철의 외침과 함께 가고일과 와이번들이 급히 뒤로 물러났다. 김호철이 밑을 보자 다니엘과 그 몬스터들도 서둘러 뒤로 달려가는 것이 보였다. 그에 김호철도 빠르게 뒤로 물러났다.

그때, 이진원이 급히 소리쳤다.

"저희는 게이트로 가면 안 됩니까?"

간절함이 느껴지는 이진원의 목소리에 김호철이 그를 보다가 작게 고개를 저었다.

"두 분만 보내드리기에는 너무 위험합니다."

김호철의 말에 이진원이 입술을 깨물며 뒤를 돌아보았다.

"위험해도…… 가족들에게 가고 싶습니다."

저 멀리서 마나의 결정들이 빠르게 모이는 것이 보이고 있었다. 지구와 같다면 곧 게이트가 열릴 것이다. 바로…… 지구로 돌아갈 수 있는 길이 말이다.

게이트를 보는 이진원의 눈이 붉게 달아오르는 것에 김호철이 작게 한숨을 쉬고는 말했다.

"게이트로 던져 드릴 수는 있지만…… 도착하는 것과 함께 주위 몬스터들에게 죽을 겁니다."

어떻게 게이트를 통과할 수는 있을 것이다. 하지만 도착하는 순간 몬스터들 사이에 있게 될 것이니 살아남을 수 없다.

"김호철 씨도 같이 가면……."

김호철과 함께라면 살 수 있다. 그러니 같이 가자는 이진원의 시선에 김호철이 고개를 저었다.

"전…… 동료들과 같이 돌아갑니다."

동료라는 말에 이진원이 한숨을 쉬며 고개를 끄덕였다.

"그렇군요."

이야기를 나누며 한참 뒤로 날아가던 김호철과 와이번의 몸이 무언가 벽에 부딪힌 것처럼 그대로 멈췄다.

"어?"

갑자기 몸이 움직이지 않는 것에 김호철이 놀라 몸에 힘을 주었다.

파지직! 파지직!

앞으로 나가기 위해 계속 힘을 주었지만 그의 몸은 꿈쩍도 하지 않았다.

"왜 이러지?"

고개를 갸웃거린 김호철이 뒤로 물러났다.

뒤로 물러나는 것은 별 이상이 없는 것에 김호철이 다시 앞으로 몸을 움직였다.

하지만 김호철의 몸은 앞으로 나아가지 못했다.

"결계?"

김호철의 중얼거림에 정민이 가고일을 움직여 그의 옆으로 오더니 손을 내밀었다. 그의 손은 일정한 범위 밖으로 나아가지 못했다.

"흠…… 신기하네요."

"지금 신기하다고 말할 때야? 지금 우리는 갇혔어."

김호철의 말에 정민이 고개를 끄덕였다. 그리고 눈에 보이지 않는 막을 손으로 눌러보다가 고개를 끄덕였다.

"그렇네요."

"그렇네요? 잘못하면 지구로 빨려 들어갈 수도 있어."

곧 있으면 게이트가 열릴 것이다. 그런데도 정민은 태평한 것이다.

"그건 아니에요."

"아니라고?"

"이건 몬스터들이 밖으로 도망치지 못하게 하기 위한 결계 같아요."

"그건 나도 알아."

그 정도는 김호철도 눈치채고 있었다. 뒤로 가는 것은 가능해도 앞으로 나아가지는 못하니 말이다.

게이트가 아르카디안의 몬스터 수를 줄이기 위한 것임을 생각한다면 이런 결계가 있는 것도 이상할 것이 없다.

"게이트가 열려도 그 주위에는 몬스터들이 남아 있어요. 아마 게이트는 중심에서 일정 범위 내의 몬스터만 빨아들일 거예요. 이렇게 가장자리에 있는 우리는 괜찮을 거란 말이죠."

그러고는 정민이 고개를 돌려 뒤를 돌아보았다. 저 멀리 마나 결정들이 허공에 모이는 것이 보였다.

화아악! 화아악!

마나 결정을 보던 정민이 말을 이었다.

"지금 저희가 걱정해야 할 건 지구로 빨려가는 것이 아니라 여기에 얼마 동안 갇혀 있어야 하느냐예요."

"그야 게이트가 열리면 나갈 수 있겠지."

김호철이 마나 결정을 보다가 말했다.

"마나 결정이 생기는 것을 보면 곧 열릴 것 같은데?"

지구에서는 게이트가 열리기 직전 마나 결정들이 형성이 되니 곧…… 까지 생각을 하던 김호철이 고개를 갸웃거렸다.

"열릴 때가 됐는데?"

마나 결정이 생기면 곧 열리는 게이트가 아직도 열리지 않고 있었다.

김호철의 의문에 정민이 고개를 끄덕이며 말했다.

"지구 게이트가 열리는 징조는 하루 전에 발견이 돼요. 마나가 모이기 시작하는 것으로요. 제가 생각하기에 저 마나 결정은 이곳에 게이트를 열기 위한 것이 아니라…… 게이트를 지구에 만들기 위한 에너지원인 것 같아요."

정민의 말에 김호철의 얼굴이 굳어졌다.

"설마?"

지구에서 게이트가 열리기까지는 마나가 모이기 시작하고부터 하루가 걸린다. 그리고 그 마나가 여기서 가는 것이라면…….

거기에 생각이 미친 김호철이 굳은 얼굴로 말했다.

"지금 이 자리에 열흘을 묶여 있어야 한다는 거냐?"

"제 생각에는…… 그럴 것 같아요."

지구의 하루는 이곳의 열흘…….

지구에서 게이트가 열리는 데 하루가 걸린다면 이곳에서는 열흘의 시간이 지나야 게이트가 열린다는 것이다.

굳은 얼굴로 김호철이 정민을 바라보았다.

"열흘 동안 이곳에 있을 수는 없어."

김호철의 말에 정민도 고개를 끄덕였다.

"저 역시 마찬가지예요."

두 사람의 말에 이진원이 말했다.

"방법이 없지 않습니까?"

말과 함께 이진원이 손을 내밀어 보이지 않는 벽을 밀었다. 어느 선에서 더 이상 손이 뻗어지지 않는 것을 보며 이진원이 김호철을 바라보았다.

"이래서야."

이진원의 말에 김호철이 잠시 생각을 하다가 밑을 내려다보았다.

"돌아와."

화아악! 화아악!

김호철의 명령에 몬스터들이 검은 연기가 되어 그에게 빨려 들어왔다.

"크윽!"

순간 배가 터질 것 같은 마나의 충만감에 김호철이 눈을 찡그렸다.

마나가 충만한 곳이라 그렇지 않아도 마나가 몸속 가득 있는데 수십의 몬스터를 한 번에 흡수하니 몸이 터질 것 같았다.

하지만 그것도 잠시, 김호철은 마나의 충만감이 빠르게 줄어드는 것을 느꼈다.

'어? 마나석?'

넘칠 것 같은 마나들을 마나석이 흡수를 하고 있었다.

'이런 작용도 하나?'

이 세상에 도착한 후 김호철은 늘 몬스터를 뽑아놓고 있었다. 와이번에 사람들을 태우기 위해 몇을 흡수한 적은 있지만 이렇게 한 번에 모든 몬스터를 흡수한 적은 없었다. 그래서 이런 일을 처음 느낀 것이다.

어쨌든 터질 것 같은 마나를 마나석이 흡수하는 것에 김호철이 급히 가고일과 와이번을 뒤로 물렸다.

지금은 마나석에 마나를 충전하는 것보다 더 급한 일이 있었다.

몬스터들이 뒤로 물러나자 김호철의 날개에서 거대한 뇌전이 형성되기 시작했다.

파지직! 파지직!

거대하게 부풀어 오르는 날개를 양쪽으로 길게 세운 김호철이 앞으로 뇌전을 쏟아부었다.

"가라!"

파지직! 파지직!

김호철의 날개에서 뿜어진 뇌우들이 앞으로 쏟아졌다. 그런데…….

파지직! 파지직!

김호철이 쏟아낸 뇌전들이 막히지 않고 앞으로 쭈욱 뻗어

나갔다.

파지직!

그 모습에 김호철이 눈을 찡그리며 뿜어내던 뇌전을 멈췄다. 자신의 뇌전으로 결계를 부수려 했는데…… 뇌전이 결계를 통과해 나간 것이다.

그에 김호철이 앞으로 다가가 손을 내밀었다. 그의 손은 어느 정도 앞으로 나가다가 멈췄다.

"지구로 가는 마나는 나가야 하니 에너지는 막지 않고 물질만 막는 모양이에요."

정민의 말에 김호철이 잠시 있다가 손을 들었다.

화아악!

그러자 김호철의 손에 해머가 나타났다. 해머를 손에 쥔 김호철이 정신을 집중했다.

'칼…… 이거 부숴야 한다. 할 수 있겠어?'

김호철의 말에 칼이 해머를 앞으로 내밀고는 말없이 눈에 보이지 않는 벽을 두들겼다.

휘이익!

탓!

그러고는 가볍게 땅에 내려선 김호철이 해머를 위로 치켜들었다.

화아악! 화아악!

그러자 해머에서 검은 기운이 물씬 피어오르기 시작했다.

'크으윽!'

마나를 빠르게 잡아먹는 칼의 행동에 김호철의 얼굴이 굳어졌다. 칼이 카인과 싸울 때보다도 더 많은 마나를 빨아들이고 있었다.

김호철이 숨을 크게 들이마셨다.

"흡!"

그러자 김호철의 몸에 마나가 강하게 들어왔다.

그렇지 않아도 이곳은 마나의 농도가 짙다. 거기에 게이트를 열기 위해 주위 마나들이 몰려들고 있으니 그 농도는 더욱 짙어졌다.

'숨만 쉬어도 마나 회복이 빠르게 되는데 칼 이놈은 마나를 대체 얼마나 빨아들이고 있는 거야?'

김호철이 그런 생각을 할 때 그의 발밑에서 검은 기운이 퍼져 나가기 시작했다.

'크으윽!'

발밑으로도 기운이 흘러 나가자 김호철의 얼굴이 바로 일그러졌다. 마나가 빠져나가는 속도가 더 빨라진 것이다.

화아악! 화아악!

검은 기운이 퍼져 나가는 것과 함께 김호철이 급히 정신을 집중했다.

'그만!'

칼이 마나석의 기운까지 빨아들이는 것을 느낀 것이다.

김호철의 명령에 마나석에서 뽑혀 나오던 기운이 멈췄다.

우두둑!

손에 힘이 들어가는 것과 동시에 김호철의 손이 아래로 떨어졌다.

'대륙 부수기!'

꽝!

땅에 떨어진 해머와 땅에 퍼져 있던 검은 기운이 부딪혔다.

그러자…….

번쩍!

콰콰콰쾅!

빛과 함께 김호철을 중심으로 둥그런 원을 그리며 땅이 터져 나가기 시작했다.

퍼퍼퍽!

터져 나간 땅들이 결계에 부딪혀 부서져 갔다.

콰콰콰쾅!

연신 터져 나가는 땅과 거대한 폭발에 정민이 놀란 듯 김호철을 내려다보았다.

"대박……."

옆에 있던 두 군인도 놀란 건 마찬가지였다.

"꿀꺽!"

김호철의 해머질 한 번에 주위가 완전히 초토화됐다. 그것도 100m는 될 것 같은 땅이 완전히 박살이 나 있었다. 거기에 충격파의 여파로 부서지고 뽑혀 나간 나무들까지 한다면…… 대략 500m 이내가 멀쩡하지 못한 것이다.

'괴물이다.'

'무슨 미사일을 갖다 박은 것도 아니고…….'

김호철은 자신을 놀란 눈으로 바라보는 사람들의 시선을 의식하지 못하고 있었다. 얼굴이 하얗게 질린 그는 지금 숨을 고르기 바빴다.

"흡! 후! 흡! 후!"

빠르게 숨을 내뱉고 들이마시는 김호철은 아직 칼과 합체를 한 상태였다.

김호철은 마나석이 있는 곳에서 지독한 고통을 느꼈다. 그에 김호철이 급히 칼과의 합체를 풀었다.

화아악!

김호철은 그제야 마나의 공백이 조금 채워지는 것을 느꼈다. 그와 함께 마나석에서 빠져나오던 마나도 멈췄다. 아니, 오히려 마나석이 빠르게 마나를 흡수하기 시작했다. 뱉어놓은 것 다시 돌려 달라는 것처럼 말이다.

배를 손으로 쓰다듬은 김호철이 숨을 골랐다. 그러자 마나가 빠르게 차올랐다.

"휴!"

숨을 길게 내쉰 김호철이 앞을 바라보았다.

"어?"

앞을 본 김호철의 얼굴에 놀람이 어렸다. 박살 나고 부서진 파괴의 흔적이 이제야 눈에 들어온 것이다.

'이게…… 대륙 부수기?'

카인에게 썼을 때와는 비교할 수 없는 파괴의 흔적이 주위에 남아 있었다. 하지만 놀람도 잠시, 김호철이 뇌전의 날개를 펼치고 앞으로 움직였다. 결계가 어떻게 되었는지 확인을 해야 했다.

그리고…….

스윽!

김호철의 몸이 멈춰졌다.

"결계가…… 부서지지 않았다."

대륙 부수기로도 결계가 부서지지 않았다.

김호철과 정민은 결계를 이리저리 만져 보며 생각에 잠겨 있었다.

"아무래도 힘으로는 안 될 것 같은데…….""

김호철의 중얼거림에 정민이 고개를 끄덕였다.

"형이 낼 수 있는 최고의 힘으로 때려도 아무런 타격을 주지 못했으니…… 힘으로는 안 될 것 같아요."

"땅을 파볼까?"

김호철이 결계 라인의 땅을 보며 하는 말에 정민이 고개를 저었다.

"땅을 파지 않아도 이미 실패했다는 것에 일억 걸죠."

정민의 말에 김호철이 한숨을 쉬며 결계를 손으로 만졌다. 이리저리 만지던 김호철이 문득 정민을 바라보았다.

"이 게이트를 만든 것이 이백 년 전 대마법사라고 했었지?"

"카인이 그렇게 말을 하기는 했죠. 근데 그들도 이 시스템을 잘 모르는 것 같던데……."

정민의 말에 김호철은 고개를 저었다. 그가 듣고 싶은 말은 앞말일 뿐이다.

"그래, 이 결계를 만든 것은 마법사야. 마법사…… 마법사……."

마법사라는 단어를 계속 중얼거리며 벽을 손으로 두들기던 김호철이 입을 열었다.

"지구의 능력자와 같은 인간들이 이 세상에도 있을까?"

"게이트가 열리기 전에도 지구에는 초능력자라고 할 수 있는 이들이 있었어요. 물론 워낙 그 수가 적고 자신들의 능력을 숨기고 살거나, 밝힌다 해도 사람들이 사기꾼이라고 믿지 않기는 했지만 존재했으니 이 세상에도 있을 수 있죠."

"그럼 있다는 거네."

"있을 수도 있죠. 근데 그건 왜요?"

정민의 물음에 김호철이 잠시 생각을 하다가 입을 열었다.

"지금 시도를 해볼 수 있는 것은 하나뿐이야. 하지만 이백 년 전 대마법사들이 능력자의 능력에 대해 알고 있었다면…… 안 될 수도 있지."

"뭔데요?"

"마나 고정."

"마나 고정?"

김호철이 손을 내밀자 그 손에 창이 들렸다. 창을 든 김호철이 바닥에 그림을 그렸다.

"아까 우리가 이곳을 돌아봤을 때 결계는 동그랗고 위로 올라갈수록 좁아지는 돔 형태였어."

"그렇죠."

"그럼…… 이 결계를 만드는 힘은 땅에서부터 위로 올라간다 생각해야 하지 않을까?"

자신이 그린 돔 형태에 위로 올라가는 아지랑이 같은 것을 그린 김호철이 정민을 바라보았다.

정민이 잠시 그림을 보다가 고개를 끄덕였다.

"그 말은…… 밑에서 올라오는 힘, 즉 마나를 고정시켜서 틈을 만들겠다는 말이군요."

말과 함께 정민이 김호철이 그린 아지랑이 물결 표시 밑에 선을 그었다.

"맞아. 그리고 이것이 실패해도 한 가지 방법이 또 남지."

"아래가 아닌 위를 막아보겠다는 거군요. 위든 아래든 힘이 가해지는 방향은 있을 테니."

"딩동댕."

"하지만 이 결계 대마법사들이 만든 거예요. 마나 고정으로 고정시키지 못할 수도 있어요."

"마나 고정이 물리적인 거라면 그럴 수도 있지. 하지만 마나 고정은 마나라는 에너지를 고정시키는 거라서 될 거라 생각해. 이 결계는 물리적인 것만 막으니까."

말과 함께 김호철이 돌을 하나 주워서는 강하게 던졌다. 돌은 결계에 닿자 그대로 멈췄다. 그리고 잠시 허공에 떠 있던 돌이 천천히 바닥으로 떨어졌다.

그것을 보던 김호철이 정신을 집중하며 말했다.

"내가 신호를 하면 결계 확인하고 뚫렸으면 그대로 앞으로 뛰어나가."

김호철의 말에 정민과 군인 둘이 고개를 끄덕였다. 그들을 보던 김호철이 데스 나이트 둘을 꺼냈다.

"다니엘은 신호하면 앞으로 나가서 주위 경계하고 칼은…… 혹시 모르니까. 신호하면 나 들고 빠져나가."

데스 나이트에게도 지시를 한 김호철이 결계가 있는 곳을 보며 정신을 집중했다.

'마나 고정.'

화아악!

정신을 집중하고 마나 고정을 하자 희미하게 땅에 결정들이 형성되기 시작했다.

'결정들을 연결해서 선을 만들어야 해.'

결정만으로는 사람이 나갈 수 있는 길이 만들어지지 않는다. 그에 김호철이 정신을 더욱 집중했다.

화아악! 화아악!

그러자 마나의 결정들 옆에 새로운 결정들이 만들어지기 시작했다.

그렇게 하나둘씩 마나의 결정들을 만들어 나가던 김호철이 주먹을 움켜쥐었다.

그러자…….

화아악!

결정들이 하나둘씩 뭉치며 길게 라인을 만들었다.

"지금!"

김호철의 말에 정민이 손을 들어 결계 쪽으로 내밀었다.

스윽!

결계 밖으로 빠져나가는 손에 정민이 그대로 땅을 박찼다.

파앗!

결계 밖으로 뛰어나가는 정민의 뒤를 다니엘이 따랐다. 그리고 다니엘이 주위를 경계하는 것과 함께 군인 둘도 결계 밖으로 뛰어나갔다.

'칼!'

김호철이 마음속으로 신호를 주자 칼이 그의 몸을 들고는 그대로 결계 밖으로 빠져나왔다.

화아악!

김호철과 칼이 나오자 마나의 결정이 그대로 흩어지며 사라졌다.

김호철이 결계 쪽을 한 번 보고는 땅에서 돌을 하나 주워 던졌다.

휘익!

그대로 결계를 뚫고 안으로 떨어지는 돌을 본 정민이 말했다.

"안으로 들어가는 것은 돼도 밖으로 나오는 것은 안 되는군요."

"함정이니까."

잠시 결계를 보던 김호철이 정민을 바라보았다.

"어쨌든 잘됐다."

김호철의 말에 정민이 고개를 끄덕였다. 김호철이 왜 잘되었다고 하는지 알아들은 것이다.

"맞아요. 아주 잘됐어요."

그러고는 정민이 이진원을 바라보았다.

"이 게이트를 통해 지구로 갑니다. 그러니 진원 형, 너무 실망하지 말아요."

"이걸로?"

"확실하지는 않지만 이 게이트는 열흘 안에 열릴 거예요. 그동안 사람들을 이곳으로 옮기고 안에 들어가 있다가 게이트가 열릴 때 움직이면 돼요."

"하지만 몬스터가…… 아……."

말을 하던 이진원이 김호철을 바라보았다. 김호철이 얼마나 강한지 자신의 눈으로 직접 봤다. 게다가 김호철에게는 데스 나이트와 와이번과 같은 몬스터가 있다. 약육강식을 따라 사는 몬스터들에게 상위 몬스터는 죽음과 같은 것……. 데스 나이트와 와이번이 있는 이상 먼저 덤벼들지는 않을 것이다.

"그럼…… 돌아갈 수 있구나."

이진원의 말에 정민이 고개를 끄덕이고는 김호철을 향해

고개를 돌렸다.

"게이트가 열흘 후쯤 열릴 거라는 것은 저희 예상일 뿐이에요. 그러니 사람들을 미리 이곳으로 다 데리고 와서 기다려야 할 것 같아요."

"옳은 말이다."

정민의 말에 고개를 끄덕인 김호철이 손을 들자 그의 앞에 와이번이 모습을 드러냈다.

"다 타세요. 돌아갑니다."

김호철의 말에 와이번이 날개를 밑으로 내리자 사람들이 그 위로 올라갔다.

"가자."

말과 함께 땅을 박차자 데스 나이트와 순식간에 합체를 한 김호철의 몸이 하늘로 솟구쳤다.

펄럭! 펄럭!

그리고 그 뒤를 와이번이 따라 날아오르기 시작했다.

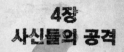

4장
사신들의 공격

김호철의 설명을 들은 오민수 대령과 그 부하들이 분주하게 움직이고 있었다. 돌아갈 준비를 하는 것이다. 군용 상자에 장비들을 챙겨 넣는 군인들을 보며 김호철이 소리쳤다.

"저희는 몬스터들을 뚫고 게이트 쪽으로 자리를 잡아야 합니다. 그러니 전투와 관련이 없는 물품은 전부 두고 가셔야 합니다."

김호철의 말에 군인들이 잠시 자신들이 챙기던 물품들을 보다가 필요한 것들만 챙기기 시작했다.

하지만 그렇지 않은 이들도 있었다. 한쪽에 노트북을 여러 대를 챙기고 있는 노인들이 있었다.

"노트북은 놓고 가십시오."

김호철의 말에 노인들이 고개를 저었다.

"이건 그동안 이곳에 왔던 과학자들이 목숨을 걸고 이 지역을 조사한 자료요. 식물부터 천문까지……. 이것은 반드시 지구로 가져가야 합니다."

"과학자십니까?"

"그렇소."

노인의 말에 잠시 그를 보던 김호철이 컴퓨터와 군용 상자 하나 가득 차 있는 서류들을 바라보았다.

"이것도 가져갈 겁니까?"

"전기가 없어 컴퓨터에 입력하지 못한 데이터들이니 꼭 가져가야 합니다."

노인들의 말에 그들을 보던 김호철이 고개를 끄덕였다.

"알겠습니다."

그리고 손을 들자 오크 전사 둘이 모습을 드러냈다.

"무거운 건 이 녀석들에게 맡기세요."

"고맙소."

노인들을 보던 김호철이 고개를 저었다. 그러고는 주위를 둘러보았다.

오십 명 정도 되는 인원과 그들의 짐까지…….

'아무래도 와이번으로 한 번에 옮기는 것은 무리겠다.'

잠시 생각을 하던 김호철이 오민수를 향해 다가갔다.

"인원을 셋으로 나눠주십시오."

"셋?"

"와이번에 모두 다 태울 수는 없습니다. 일단 3차로 나눠서 인원을 옮길 생각입니다."

"위험하지 않겠소? 1차로 간 이들은 적은 인원으로 게이트에 남아 있어야 할 텐데."

몬스터들의 위협을 걱정하는 오민수를 보며 김호철이 고개를 끄덕였다.

"게이트로 옮겨진 1차 인원들의 옆에 제 몬스터들을 배치해 놓을 겁니다. 그럼 갔다 올 동안은 별일 없을 겁니다."

김호철의 말에 오민수가 생각을 하다가 고개를 끄덕였다.

"그렇게 하겠소."

"1차는 열다섯 명으로 하십시오. 2차는 열 명과 짐들, 그리고 3차는 남은 인원을 옮기도록 하겠습니다."

이곳에 남아 있는 인원들의 전력도 생각을 한 김호철의 말에 오민수가 고개를 끄덕이고는 부하들에게 지시를 내렸다.

그리고 잠시 후 빌딩 앞에 행복 사무소 직원들과 1차로 선발된 15명이 와이번에 올라탔다.

게이트 앞에 모두 이동하는 사이 다행히 별다른 일은 벌어지지 않았다.

게이트 앞에 모여 있는 인원들을 보던 김호철이 입을 열었다.

"이 안은 몬스터로 가득 차 있습니다. 여러분이 이때까지 본 몬스터의 수보다 훨씬 더 많은 수입니다."

김호철의 말에 사람들이 침을 삼켰다. 그런 그들을 보며 김호철이 말을 이었다.

"제가 그 모두를 상대할 수도 있습니다. 하지만 제 몸은 하나이고 여러분은 다수입니다. 제가 여러분 모두를 지키지 못할 수도 있습니다. 제가 이런 말을 하는 이유는 단 하나, 최대한 조심히 움직이고 무리에서 떨어지지 말라는 것입니다."

사람들이 고개를 끄덕였다.

김호철이 신호를 주자 다니엘과 몬스터들이 게이트 안으로 들어가기 시작했다.

스스스슥!

게이트 안으로 들어간 몬스터들이 주위를 경계하는 것을 보며 사람들도 하나둘씩 게이트 안으로 들어가기 시작했다.

게이트 안으로 들어간 몇몇 사람의 입에서 신음 소리가 흘러나왔다.

"크윽! 마나가……."

능력자들이 게이트 안의 짙은 마나 농도에 당혹스러워하는 것이다.

행복 사무소 사람들뿐만 아니라 오민수의 부하들 중에도 능력자가 상당수 포함이 되어 있었다. 지구에서 보낸 이들 중에는 능력자와 군인들이 섞여 있었으니 말이다.

그런 이들에게 김호철이 말했다.

"일단 여기서 마나에 적응을 하고 게이트 변화를 보고 움직입니다."

김호철의 말에 오민수가 그를 바라보았다.

"게이트 중심으로 바로 움직이는 것이 낫지 않겠나?"

"게이트 중심으로 갈수록 몬스터가 더 많을 겁니다."

"자네가 쓸어버릴 수 있지 않나?"

"해볼 수는 있지만…… 혹시라도 몬스터 수가 줄어들면 게이트가 다시 닫힐 수도 있습니다."

"일리가 있군."

고개를 끄덕이는 오민수를 보던 김호철이 손을 내밀었다.

화아악! 화아악!

김호철의 손에서 뿜어진 뇌전에 골렘 네 마리가 소환되었다. 김호철이 자신의 기운에 영향을 받아 뇌전을 뿜어내고 있는 골렘들을 주위에 배치했다.

"제 몬스터 몸에서는 뇌전이 흐릅니다. 감전이 될 수 있으니 만지거나 하지 마십시오."

말과 함께 골렘 주위에 몬스터들을 골고루 배치한 김호철이 게이트 중심 쪽을 바라보았다.

'이제 기다리면 된다. 열흘…… 이면 지구로 갈 수 있다.'

파지직! 파지직!

김호철의 몸에서 뿜어진 뇌전이 전방을 휩쓸었다.

"크아아아!"

달려오던 오크 떼 사이를 뇌전이 성난 사자처럼 누볐다. 오크들이 비명을 지르며 쓰러졌다.

뒤에서 달려오던 오크 하나가 땅을 박차며 김호철을 향해 뛰어올랐다.

"크아앙!"

괴성을 지르며 날아오는 오크를 보며 김호철이 가볍게 손가락을 튕겼다.

파앗! 파지직!

김호철의 손가락에서 튕겨진 뇌전에 맞은 오크가 그대로 떨어졌다.

툭!

김호철이 입맛을 다셨다. 그 오크는 일반 오크와는 다른 오크 전사였다.

"지구였으면 돈 좀 됐을 텐데."

오크들을 죽인 김호철이 서둘러 몸을 움직였다.

그리고 그의 눈에 몬스터들에게 둘러싸인 일행들과 몬스터들 사이를 종횡무진하며 살육을 하고 있는 칼과 다니엘이 보였다.

다행이라면 김호철의 몬스터들이 짜놓은 방어진을 다른 몬스터들이 뚫지 못하고 있다는 것이었다.

타타타탕!

군인들이 방어진 사이로 총을 쏘며 보조를 하고 있었다. 물론 근육과 지방이 두꺼운 몬스터에게 총이 큰 타격은 되지 않지만 말이다.

어쨌든 주위의 몬스터들이 잘 막아내고 있는 것을 본 김호철이 뇌전의 날개를 펼쳤다.

파지직! 파지직!

뇌전의 날개를 펼친 김호철이 솟구쳤다. 하늘 높이 올라간 김호철이 주위를 둘러보았다.

김호철과 동료들이 있는 곳 외에도 몬스터가 많이 보이고 있었다. 그리고 더 많은 몬스터가 결계 안으로 유입이 되고 있었다. 마치 홀린 것처럼 사방에서 몬스터들이 다가오고 있었다.

그것을 보던 김호철이 몬스터들이 만든 방진 안으로 들어왔다. 대충 주위 몬스터들을 정리했으니 자신이 나설 필요까진 없어 보였다.

몬스터들을 보고 있는 정민의 옆에 내려선 김호철이 중얼거렸다.

"몬스터가 끊이지를 않네."

"게이트에서 모이는 마나가 몬스터들을 홀리는 것 같아요."

"그런 것 같지?"

게이트에 들어오고 난 첫날은 별일이 없었다. 하지만 둘째 날부터 일이 생겼다. 바로 게이트 주위로 몬스터들이 하나 둘, 혹은 단체로 몰려들기 시작한 것이다.

잠시 주위를 보던 김호철이 오민수를 향해 고개를 돌렸다.

"탄을 아끼도록 하세요."

김호철의 말에 오민수가 고개를 끄덕이고는 부하들에게 지시를 내렸다.

총소리가 줄어드는 것을 느끼며 김호철이 마리아들을 향해 다가갔다. 아직 몸이 회복이 되지 않은 행복 사무소 직원들은 원진의 중심에 모여 있었다.

눈을 감은 채 정좌를 하고 있는 마리아와 고윤희를 보며 김호철이 박천수에게 작게 속삭였다.

"어때요?"

김호철의 물음에 박천수가 육포 한 조각을 씹으며 말했다.

"마나가 풍부한 곳이라 마나석 회복이 빠를 줄 알았는

데…… 생각보다는 더디네."

"마나가 풍부하다 못해 눈에 보이는 곳인데도 아직 회복이
안 됐군요."

"그러게 말이야. 하지만 마나가 워낙 많으니 2, 3일이면
마나석도 회복이 될 거야."

말을 하던 박천수가 들고 있던 육포 조각을 내밀었다.

"먹을래?"

박천수의 말에 김호철이 그것을 받아 입에 넣었다. 그런데
맛이 묘했다. 평소 먹던 육포에 비해 짠맛도 강하고 뭔가 맵
고 양념이 더 강한 느낌이었다.

"이거 어디 거예요?"

"여기 것."

박천수의 말에 김호철이 무슨 말인가 싶어 그를 바라보
았다.

"여기 것?"

"군인들이 비상식량으로 만들어 놓은 거야."

김호철의 육포를 씹던 입을 멈췄다. 그리고 슬며시 발로
땅을 차 구멍을 만들더니 그 안에 육포를 뱉었다.

"퉷!"

"응? 왜 입에 안 맞아?"

"입에 맞으십니까?"

김호철의 말에 박천수가 육포를 한 조각 부욱 뜯어서는 입에 넣었다.

"조금 짜기는 하지만…… 심심하잖아."

심심하니 이거라도 씹는다는 박천수를 보며 김호철이 고개를 저었다.

'저걸 뭐로 만든 줄 알고…….'

김호철이 육포를 뱉은 이유는 하나였다.

이곳에 온 이후 단 한 번도 돼지나 소와 같은 동물을 보지 못했다. 이 세상에도 돼지나 소가 있을 것이다. 다만 이 몬스터들이 바글바글한 이곳에서는 본 적이 없다.

그렇다면…… 군인들이 이 육포를 무엇으로 만들었을까?

답은 간단하다. 육포는 고기로 만든다. 그리고 이 근처에서 풍부한 고깃덩어리는 단 한 종류다.

'몬스터로 만들었겠지.'

물론 먹지 못할 몬스터로 육포를 만들지는 않았을 것이다. 오민수는 이 세상에서 사십 년을 살았다. 그 시간 동안 뭐라도 먹으면서 살았을 것이다. 그리고 먹었던 것 중 가장 많은 것이 몬스터일 것이다. 지천에 깔린 것이 몬스터이니 말이다.

아마도 그런 와중에 먹을 수 있는 몬스터와 먹지 못하는 몬스터를 알게 되고 그중 식용 가능한 몬스터의 고기를 육포를 만들었을 것이다.

그러니 이 육포는 먹어도 해가 없다. 하지만…… 굳이 몬스터로 만든 육포를 먹고 싶지는 않았다.

입이 심심하다는 이유라면 더욱더.

몬스터 고기 육포를 먹고 있는 박천수를 보던 김호철이 입맛을 다셨다.

'말해주지는 말자.'

때로는 모르는 것이 약일 때가 있다라는 말을 떠올리며 김호철이 말했다.

"많이 드십시오."

"이 정도면 괜찮은데……."

육포를 씹는 박천수에게 고개를 돌린 김호철이 정민을 바라보았다.

정민은 몬스터들을 보며 뭔가를 생각하고 있었다.

방어진 밖으로는 여전히 몬스터들이 달려들고 있었지만 그 수는 몇 되지 않았다.

"무슨 생각해?"

김호철의 물음에 정민이 몬스터들을 가만히 보다가 슬쩍 주위에 있는 사람들을 바라보았다.

"게이트를 넘어갈 때 조심해야겠어요."

"게이트가 열리면 내가 바로 뇌전을 몬스터들을 향해 날릴

거야. 최대 출력으로 날리면 꽤 잡고 들어갈 수 있으니 그리
위험하지 않을 거야.”

“제가 우려하는 것은 몬스터가 아니라 폭탄과 총들이
에요.”

“폭탄과 총?”

“아시잖아요. 게이트 공격 절차요.”

공격 절차라는 말에 김호철이 잠시 생각을 하다가 눈을 찡
그렸다.

군에서 게이트가 열리는 곳에 지뢰를 묻고 폭약을 장치한
다. 그리고 게이트가 열리면 폭약을 터뜨리고 포를 쏜다.

그 공격에서 살아남은 몬스터들을 능력자들이 상대하는
것이다.

물론 도심과 같이 건물이 많은 곳에서는 폭발이 큰 폭약과
포를 쓰지는 않지만, 사방에 포진한 군인들이 집중적으로 총
격을 날린다.

즉, 게이트에 들어가는 것보다 어쩌면 게이트에서 나왔을
때가 더 위험할 수도 있었다.

아니…… 위험했다.

“위험한데.”

김호철 자신은 데스 나이트와 합체를 하고 이동을 하면
된다. 총과 포라도 데스 나이트의 방어를 뚫지는 못하니 말

이다.

하지만 문제는 사무소 직원들과 여기 있는 군인들이다. 지뢰나 포를 떠나서 수백 명의 군인이 가하는 총격은 위험하다.

"흠…… 우리 쪽에서는 윤희하고 네가 좀 위험하겠는데."

김호철의 말에 정민이 고개를 끄덕였다. 다른 이들은 총알 정도는 막을 수 있다.

박천만은 능력이 금속화고, 박천수는 스모크 랜드로 총알을 막을 수 있다. 오현철은 육체 강화 능력자. 총알이 박힐 수는 있어도 치명상을 주지는 못한다. 그리고 마리아는 화염…… 총알을 녹여 버린다.

물론 고윤희도 총알 몇 발 정도는 검으로 쳐 내고 갈라 버릴 수 있다. 하지만 그 수가 수십 발이라면 위험하고, 정민은 더 말할 필요가 없다.

두 사람이 이야기를 나눌 때 박천수가 육포를 씹으며 말했다.

"내 스모크 랜드 안에 들어오면 문제없어. 문제는 저 군인들이지."

박천수의 말에 김호철이 그를 바라보았다.

"실수없이 저희 일행 모두를 감쌀 수 있겠습니까?"

"내가 실수를 하면 애들이 죽어. 이런 걸 실수해?"

육포를 질겅질겅 씹으며 박천수가 군인들을 보며 말했다.

"하지만 아무리 나라도 이 많은 수를 커버하지는 못해."

"일단은 저희 사람들 지키는 데 전력을 다하죠."

"저 군인들은? 지켜줘야 할 의무는 없지만…… 그래도 지구 가서 바로 죽으면 불쌍한데."

"군인들을 최대한 밀착시키고 주위에 제 몬스터들을 깔아 놓는 수밖에는 없을 것 같군요."

김호철의 말에 정민이 고개를 끄덕였다.

"역시 그 방법밖에는 없겠네요."

"총이야 그렇다 쳐도 포나 매설된 지뢰가 있으면 어쩔 거야?"

박천수의 말에 김호철이 잠시 생각을 하다가 입을 열었다.

"흠…… 와이번에 다 태워야 하나?"

"자리가 안 될 것 같은데?"

박천수의 말에 김호철이 하늘에 떠 있는 와이번을 바라보았다.

와이번은 하늘에 뜬 채 날개를 펄럭이며 날고 있었다. 그러다 가끔씩 거대 몬스터가 나타나면 그것을 잡아서는 저 멀리 갖다 버리고 돌아왔다.

잠시 와이번을 보던 김호철이 말했다.

"태울 수 있는 만큼 태우고, 안 되는 인원들은 골렘에게 안기든 업히든 해서 일단 땅에 닿지 않게 하죠. 그럼 매설된 지뢰에는 당하지 않을 겁니다."

"포는?"

"게이트가 열릴 때쯤이면 소장님도 회복이 될 테고……. 저와 소장님이 포격을 막아보겠습니다."

"쩝! 일단 지구에서 부딪혀 보자고."

머리 쓰는 것이 아픈지 육포를 입에 넣고 씹는 박천수를 보던 김호철이 몬스터들 쪽을 바라보았다.

달려들던 몬스터가 모두 제거되어 이제는 조용해져 있었다. 하지만 저 멀리서는 여전히 몬스터들이 게이트가 열릴 방향을 향해 홀린 듯이 걸음을 옮기고 있었다.

"이제 이틀 남았다."

열흘이 되려면 앞으로 이틀 남았다.

◆

파파팟!

수풀을 뚫고 수십의 인물이 빠르게 내달리고 있었다. 검은 망토를 뒤로 휘날리며 내달리는 그들의 움직임은 조용하기 이를 데가 없었다.

"크아아앙!"

빠르게 내달리던 인물들은 전방에서 들려오는 거대한 괴성에 그대로 자세를 낮췄다. 그리고 상황을 살폈다. 잠시 후 그중 앞에 있던 이가 손가락을 앞으로 내밀었다. 그러자 뒤에 있던 사람 셋이 앞으로 뛰어나갔다.

잠깐의 시간이 지나고, 돌아온 그들의 몸에는 피가 묻어 있었다.

말없이 자신들이 있던 자리로 돌아가 대기하는 그들을 보며 앞에 있던 이가 고개를 끄덕였다.

"휴식."

앞에 있던 사내의 말에 뒤에 있던 인원들이 근처 나무 위로 빠르게 올라갔다.

몇 번 발을 움직이는 것으로 나무 위로 모두 사라지는 수하들을 보던 사내가 입을 열었다.

"오리진."

사내의 부름에 나무 위에 올라갔던 자 중 하나가 내려왔다.

"위치는?"

사내의 말에 오리진이 품에서 작은 수정을 꺼냈다.

그리고 정신을 집중하자 수정에서 희미한 빛이 나타나더니 북쪽을 가리켰다.

"20㎞가량 남았습니다."

"20㎞라……. 하루거리인가?"

평지라면 한 시간이면 돌파할 수 있는 거리다. 하지만 산을 타며 이동해야 하고 거기에 몬스터도 뚫어야 한다.

잠시 생각에 잠겨 있는 사내를 보던 오리진이 입을 열었다.

"마나의 기운이 심상치 않습니다. 하루나 이틀 안에 게이트가 열릴 것으로 보입니다."

"게이트와 그의 위치 관계는?"

"게이트가 위치한 곳에 그가 있을 것으로 계산됩니다."

오리진의 말에 사내가 잠시 생각에 잠겼다.

"게이트라. 그렇다면 이미 동료들을 찾아낸 건가?"

"동료들을 찾지 못했다면 게이트에 접근할 이유가 없으니 그럴 확률이 큽니다."

"흠…… 만약 그의 동료들 외에 다른 지구인들이 함께 있다면 어떻게 해야 하나?"

사내의 말이 자신에게 던지는 물음이 아니라는 것을 안 오리진은 말없이 그를 바라보았다.

그런 오리진의 시선을 받으며 사내가 입을 열었다.

"그럼 구조보다는 플랜 B로 가야 하는 건가?"

플랜 B라는 말에 오리진의 얼굴이 굳어졌다. 이 역시 자신에게 던지는 질문은 아닐 것이다. 하지만…….

'플랜 B, 몰살…….'

몰살을 이야기하는 사내를 보던 오리진이 입을 열었다.

"후작 각하께서 보낸 지시는 구조였습니다."

"맞다. 하지만 그 구조에 포함된 것은 블러드 나이트와 그 동료들뿐이다. 하지만 그 자리에 다른 지구인들이 있고, 그들이 이곳에서 오래 살아남은 자라면 후작님도 플랜 B를 실행한 것을 이해하실 것이다."

잠시 말을 멈춘 사내가 입을 열었다.

"아르카디안에 대해 알고 있는 자들을 지구로 보낼 수는 없다."

"이곳에서만 살았다면 아르카디안의 내륙을 보지 못했을 수도……."

오리진의 말에 사내가 그를 바라보았다.

"보지 못했을 수도 있지. 아니, 산맥 깊숙한 이곳이라면 우리 아르카디안 사람들을 보지도 못했을 수도 있다. 하지만……."

잠시 말을 멈춘 사내가 오리진을 보며 말을 이었다.

"봤을 수도 있다. 의구심이 든다면 지우는 것이 낫다."

사내의 말에 잠시 그를 보던 오리진이 입을 열었다.

"후작 각하께서 보낸 전서와 동영상을 보면…… 저희가 찾는 자는 아주 강한 자입니다."

오리진의 말에 사내가 굳은 얼굴로 그를 바라보았다.

"나는…… 약한가?"

"송…… 송구합니다."

오리진의 사죄에 잠시 그를 보던 사내가 피식 웃었다.

"송구는 무슨……. 친구끼리 그런 말 하는 것 아냐."

사내의 말에 오리진은 그저 고개를 숙였다. 그런 오리진을 보던 남자가 입을 열었다.

"출발한다."

그의 말에 나무 위에 있던 사내들이 빠르게 땅으로 내려왔다.

타타타탓!

땅에 내려선 부하들을 느끼며 사내가 땅을 박찼다.

파앗!

그와 함께 다른 자들도 그 뒤를 따라 몸을 날렸다.

순식간에 자신의 곁을 떠나 빠르게 앞으로 나아가는 이들을 보며 오리진의 얼굴에 근심이 어렸다.

'후작께서 문제를 삼는다면 큰일인데…….'

하지만 그것도 잠시, 오리진의 몸이 땅을 박차며 빠르게 앞서 가는 이들을 따라 달리기 시작했다.

화아악! 화아악!

김호철과 정민들은 마나의 결정들을 보고 있었다.

"이제 곧 열릴 것 같은데……."

김호철의 말에 정민이 고개를 끄덕였다.

"언제 열릴지 모르니 지금 출발을 하는 것이 낫겠어요. 시간으로 따져도 24시간 이내에 열릴 것 같고."

정민의 말에 김호철이 뒤를 돌아보았다. 이미 그들의 뒤에는 오민수와 군인들이 도열해 있었다.

그런 그들을 보며 김호철이 말했다.

"제가 선두에 섭니다. 그리고 제 몬스터들이 주위를 감쌀 겁니다. 능력자분들은 뒤에서 후방을 맡아주십시오."

김호철의 말에 군인 능력자들이 뒤로 물러났다.

"우리 직원들은 가운데에서 위험한 곳이 보이면 도와주십시오."

"오케이."

박천수의 답에 고개를 끄덕인 김호철의 주위로 몬스터들이 모여 진을 짰다.

김호철을 필두로 하여 우산 모양으로 길게 퍼진 형태였다.

김호철이 길을 뚫으면 몬스터들이 일행들을 보호하는 형태였다.

준비가 끝나자 김호철과 칼이 합체를 했다. 합체하지 않아도 뇌전이 있으니 몬스터를 뚫는 것은 힘들지 않을 것 같았다. 하지만 만약 자신이 다칠 수도 있다. 그래서 칼과 합체를 한 것이다.

'다른 사람 지키는 것도 중요하지만 내 몸 지키는 것이 제일이지.'

속으로 중얼거린 김호철이 앞을 바라보며 움직였다.

"가자."

말과 함께 앞으로 뛰어가려던 김호철의 얼굴에 의아함이 어렸다. 앞으로 뛰어나가야 할 그의 몸이 반대로 뒤로 움직인 것이다.

"어?"

파파팟!

빠르게 앞이 아닌 뒤로 움직이는 김호철의 옆을 다니엘이 따랐다.

타탓!

순식간에 동료들과 군인들의 뒤를 뛰어 넘어선 김호철이 굳은 눈으로 결계 밖을 바라보았다.

'칼, 뭔가 오는 거냐?'

칼이 자신의 명령대로 움직이지 않는 경우는 단 하나, 위협이 감지되었을 때다.

굳은 얼굴로 결계 밖을 주시하던 김호철의 눈에 일단의 흑색 망토를 두른 자들이 포착되었다.

"사람?"

타타탓!

"아르카디안인 같은데요."

어느새 옆에 다가온 정민의 말에 김호철이 앞을 보며 말했다.

"카인에게 연락을 했었는데 그쪽 사람들인가?"

순간 뒤에서 총소리가 요란하게 들려오기 시작했다.

타타타탕! 타타탕!

빠르게 쏘아지는 총알들. 그에 놀란 김호철이 뒤를 돌아보았다. 뒤에서 오민수가 총을 쏘아대고 있었다.

파파파팟!

하지만 총알은 결계에 막혀 허공에 떠 있었다.

김호철이 오민수에게 물었다.

"적입니까?"

"적이다! 사신들이야!"

겁에 질린 얼굴로 바들바들 떨고 있는 오민수의 모습에 김호철이 눈을 찡그리며 주위에 있는 군인들을 바라보았다.

멀뚱거리며 있던 군인들도 사신이라는 말에 놀란 듯 잔뜩 굳은 얼굴로 나타난 자들을 향해 총을 겨눴다.

'오민수 대령……. 굳건한 남자인데 저런 사람이 이렇게 겁을 먹다니. 사신이 뭐지?'

군인들을 보던 김호철이 나타난 자들을 향해 고개를 돌렸다. 그러고는 오민수를 향해 말했다.

"사신이 뭡니까?"

"나와 같이 온 능력자들을 죽이고 그들의 배에서 마나석을 빼 간 자들이야. 그것도 산 채로 배를 갈라 마나석을 빼 갔다."

"마나석을 빼 갔다?"

"지구에서 마나석이 큰 에너지원으로 사용되는 것처럼 이 세상 놈들도 마나석을 원한다. 사신 놈들은 산맥을 뒤지면서 지구인을 사냥한다."

오민수의 말에 김호철이 고개를 끄덕였다.

'답은 정해졌네. 저들은 적이다.'

타타탕!

총이 연사되는 것에 오리진이 급히 움직이며 사내의 앞을 막으려 했다.

"결계가 있다."

하지만 사내의 말에 오리진이 아차 싶은 듯 다시 뒤로 물러났다. 그들도 물체는 결계를 빠져나오지 못한다는 것을 알고 있었다.

파파팟!

그리고 그 생각대로 결계에 총알들이 박혔다.

허공에 막혀 천천히 떨어지는 총알들을 보며 사내가 입을 열었다.

"흠…… 다행이네."

"뭐가 말입니까?"

"플랜 B를 해야 할지 구조를 해야 할지 조금은 망설였거든…… 그런데……."

사내가 웃으며 검을 뽑아 들었다.

스르릉!

"저쪽에서 답을 주는군. 싸우자고. 후후후!"

기분 좋게 웃으며 사내가 입을 열었다.

"인사를 받았으면 답례를 해야겠지."

말과 함께 사내가 땅을 박찼다.

5장
일대일 대결

검은 망토를 두른 자들이 무기를 뽑아 들고 달려오는 것에 김호철이 고함을 질렀다.

"군인들은 뒤로 빠져!"

김호철의 외침이 아니더라도 이미 군인들은 뒤로 빠르게 물러나고 있었다.

'바로 물러나네.'

그 모습에 김호철이 작게 중얼거릴 때 그의 옆으로 고윤희와 박천수가 섰다.

"회복은?"

김호철의 말에 고윤희가 검을 뽑아 들었다.

스르릉!

"나 생리 시작했다."

뜬금없고 당황스러운 고윤희의 말에 김호철이 그녀를 바라보았다. 고윤희는 짜증이 가득한 표정으로 달려오는 망토인들을 보고 있었다.

"생리대 필요해."

더욱 뜬금없는 고윤희의 말에 김호철이 의아해할 때 박천수가 웃으며 담배를 입에 물었다.

"신경질 풀 상대가 필요하다는 거야. 그 상대가 되고 싶지 않으면 말 걸지 마라. 후우!"

담배 연기를 길게 뿜어내며 스모크 랜드를 만들어낸 박천수가 김호철의 어깨를 툭 쳤다.

"뭐해. 가."

박천수의 말에 김호철이 땅을 박찼다.

파앗!

빠르게 망토를 두른 자들에게 쏘아지던 김호철의 등에서 뇌전의 날개가 솟구쳤다.

"일단 한 방! 뇌전!"

김호철의 외침과 함께 날개에서 강대한 뇌전이 광범위하게 퍼져 나갔다.

파지직! 파지직!

광범위하게 뿜어져 오는 뇌전에 한 사내가 앞으로 뛰쳐나왔다.

"하앗!"

기합과 함께 아래에서 위로 쳐 올려지는 사내의 검…….

그리고…….

파지직! 파지직!

사내의 검격에 뇌전이 하늘로 치솟았다.

자신이 뿜어낸 뇌전을 검으로 쳐 올려 버리는 사내의 모습에 김호철이 눈을 찡그렸다.

'강하다.'

김호철은 아르카디안인과 싸운 적이 있다. 카인과도 싸웠고, 미끼를 물고 나타났던 아르카디안 기사와도 싸웠다. 카인은 독보적으로 강했고, 미끼를 물었던 기사도 강하기는 했지만 상대하기 어렵진 않았다. 그 말은 아르카디안 기사라고 모두 강한 것은 아니라는 것이다.

즉, 자신의 뇌전을 이렇게 쉽게 막아낼 정도라면…….

"네가 대장이구나."

김호철의 중얼거림에 사내가 웃으며 검격을 날렸다.

"눈은 있구나."

검격을 빠르게 좌우로 피한 김호철이 해머를 만들어냈다.

손에 잡힌 해머로 검격을 막은 김호철이 사내를 바라보았다.

머리까지 가리고 있는 망토 속으로 금발을 가진 중년인의 얼굴이 보였다.

끼끼끼끽!

해머와 검이 맞물린 채 서로 밀고 밀리는 상태에서 김호철이 입을 열었다.

"통역 아이템인가?"

그렇지 않다면 자신이 아르카디안 사내의 말을 알아들을 수는 없을 것이다.

"그렇지."

파앗!

사내가 검을 살짝 뒤로 물렸다가 몸을 회전시키고는 김호철의 머리를 향해 검을 휘둘렀다.

"잔재주."

쾅!

해머를 휘둘러 검격을 튕겨낸 김호철이 주먹을 강하게 내뻗었다.

파앗! 휘리릭!

김호철의 주먹에서 신탄이 뿜어졌다.

둥글게 뭉친 마나가 총알처럼 회전을 하며 사내의 가슴을 향해 쏘아져 갔다.

그에 사내가 놀란 듯 급히 어깨를 숙였다. 가슴을 당하느니 어깨를 주는 것이 낫다.

펑!

신탄의 충격에 사내의 어깨가 뼈가 보일 정도로 터져 나갔다.

"크으윽!"

신음을 흘리며 사내가 뒤로 밀려났다. 그와 함께 김호철의 몸이 그를 향해 쏘아져 갔다.

파앗!

콰콰쾅!

김호철이 연신 휘두르는 해머에 사내가 뒤로 밀려났다.

"회복!"

사내의 외침에 그의 망토에서 빛이 뿜어져 나왔다.

화아악!

그러자 신탄에 맞아 피가 철철 흐르던 어깨가 빠르게 회복되기 시작했다.

"회복 마법? 별짓을 다 하는군."

김호철의 말과 함께 날아오는 해머를 강하게 후려치며 막은 사내가 그를 노려보았다.

"권탄을 쓴다는 보고가 없어서 방심했을 뿐이다."

'보고?'

사내의 말에 김호철이 슬쩍 해머에 실린 힘을 풀었다.

그에 칼이 마나를 빨아들이려 하자 김호철이 그것을 막았다.

'죽이지 말고 버티기만…….'

사내가 보고라는 말을 한 순간 김호철은 그가 자신을 알고 있다는 것을 눈치챘다. 그에 김호철은 그가 자신을 어떻게 아는지 확인하기 위해 시간을 끌어보려는 것이다.

'카인 이 새끼가 보낸 놈이면…… 돌아가서 작살을 낸다.'

하지만 김호철의 생각은 바로 바뀌었다.

파지직! 파지직!

자신의 몸에 빠르게 스며들어 오는 몬스터들의 마나를 느낀 것이다.

그에 김호철의 얼굴이 굳어졌다.

부웅!

강하게 휘두른 김호철의 해머에 사내가 뒤로 빠르게 물러났다. 막을 수는 있지만, 커다란 해머와 검이 부딪힌다면 나타날 손해가 뻔히 보였다. 그래서 뒤로 물러나고 틈을 노리려는 것이다.

사내가 그러든 말든 김호철은 빠르게 주위를 훑었다.

그러자 망토를 입은 자들에게 밀리고 있는 일행들과 몬스터들이 보였다.

군인들이 뒤에서 조준 사격으로 보조를 하고 있어 다행이지 아니었으면 누가 죽어도 벌써 죽었을 것 같았다.

아니, 이미 몬스터들은 죽어 나가고 있었다. 같은 종류의 몬스터보다 더 강한 김호철의 몬스터들이 말이다.

'시간 끌 여유가 없다.'

김호철의 몸에서 뇌전이 솟구치며 사방으로 몬스터들이 뿜어져 나갔다. 죽어서 흡수된 몬스터들을 다시 뽑아낸 것이다.

'빨리 끝낸다.'

김호철의 해머를 든 손에 힘이 들어갔다. 동료들을 구하기 위해서는 자신이 빨리 가세를 해야 했다.

하지만 그렇다고 눈앞에 있는 사내를 두고 갈 수는 없다.

눈앞에 있는 사내가 동료들을 향해 달려든다면 그것도 위험한 것이다.

'최대한 빨리……'

생각과 함께 김호철이 땅을 박차려 할 때, 사내가 일갈을 질렀다.

"모두 뒤로 물러나!"

사내의 외침에 망토들이 상대하던 몬스터와 사람들에게서 빠르게 뒤로 물러났다. 하지만 그중 몇은 그러지 못했다. 뒤로 빠지려는 순간 고윤희와 박천만의 공격이 그들의 목을 그은 것이다.

"커억!"

"크윽!"

신음을 흘리며 죽는 망토인들…….

하지만 몸을 뺀 자들은 그쪽에 시선도 주지 않았다. 그저 사내의 명령을 따라 뒤로 물러날 뿐…….

파파팟! 파팟!

그 모습에 김호철이 급히 멈췄다. 그리고 의문이 어린 눈으로 사내를 바라보았다.

"뭐하자는 거지?"

"조급해하는 자는 실수를 하게 마련이지. 난 전력을 다하는 너와 싸우고 싶다."

사내의 말에 김호철이 피식 웃었다.

"후! 네가 원하는 것이 전력으로 상대를 해주는 거라면 전력으로 죽여주지."

김호철의 말에 사내가 검을 강하게 움켜쥐며 치켜들었다.

마치 검도의 상단을 취한 것과 비슷한 모습을 보며 김호철이 입을 열었다.

"그런데 한 가지 궁금한 것이 있는데……. 나에 대한 자료를 어디서 얻었지?"

김호철의 물음에 사내가 잠시 있다가 입을 열었다.

"지구의 강한 능력자들에 대한 정보는 아르카디안에도 들어온다."

"그뿐? 혹시…… 카인이 보내준 것은 아니고?"

"카인? 누군지 모르겠군."

사내의 말에 잠시 그를 보던 김호철이 고개를 끄덕였다.

"누구한테 받았든 상관없겠지."

말과 함께 김호철이 해머를 강하게 쥐고는 사내를 바라보았다.

"그런데 그 자료는…… 지구에서 온 거겠지?"

"무슨 말이 하고 싶은 거지?"

"나와 전력으로 싸우고 싶다고 했는데……."

김호철의 몸에서 검은 기운이 물씬물씬 피어오르기 시작했다.

화아악! 화아악!

이글이글 타오르는 듯이 뿜어져 나오는 김호철의 마나에 사내의 얼굴이 굳어졌다.

"미안해서 어쩌지? 그 자료는 소용없어. 난 여기서 더 강해졌거든."

김호철의 말에 굳어졌던 사내의 얼굴에 미소가 어렸다.

"강해지는 가장 빠른 방법이 뭔 줄 아나?"

"뭐?"

"강한 놈과 싸우는 거다."

파앗!

말과 함께 땅을 박차며 쏘아져 오는 사내를 보던 김호철이 칼에게 말했다.

"빠르게 처리한다."

"칼 폰 루이스."

자신의 이름으로 답을 하는 것과 동시에 그의 손이 위로 치켜 올라갔다.

화아악! 화아악!

그와 동시에 해머로 검은 기운들이 물씬 스며들기 시작했다. 그것을 본 사내가 급히 달려오던 것을 멈췄다.

'대륙 부수기?'

화아악!

그와 함께 김호철의 다리를 통해서도 검은 기운이 흘러 나갔다.

그에 놀란 김호철이 일갈을 질렀다.

"모두 뒤로 물러나!"

김호철의 외침이 아니더라도 그가 자세를 잡는 순간 이미 행복 사무소 직원들과 군인들은 김호철로부터 더 멀리 물러나고 있었다. 김호철이 대륙 부수기를 쓰는 것을 본 적이 있는 정민과 군인들이 서둘러 뒤로 사람들을 물린 것이다.

뒤에서 들리는 사람들의 발소리에 김호철이 입술을 깨물

었다.

'우리 일행들이 다치지 않는 선으로 펼쳐야 한다.'

"칼 폰 루이스."

칼의 답을 들으며 김호철이 사내를 바라보았다.

사내는 상단으로 세운 검을 굳게 잡은 채 김호철을 노려보고 있었다.

"안 오나?"

김호철의 말에 사내가 굳은 얼굴로 그를 보다가 입을 열었다.

"오리진!"

사내의 외침에 오리진이 서둘러 그 뒤로 다가왔다.

"만약…… 내가 죽으면 그대로 돌아가라."

"알겠습니다."

답과 함께 빠르게 뒤로 물러나는 오리진을 느끼며 사내가 김호철을 바라보았다.

"대륙 부수기……. 역사적인 기술을 보게 돼 영광입니다."

이때까지 반말을 하던 것과 달리 존경심이 담긴 사내의 말에 김호철이 그를 보다가 입을 열었다.

"이름이나 압시다."

김호철의 말에 잠시 그를 보던 사내가 입을 열었다.

"어릴 적 아버지가 아우디라 불렀습니다."

'아우디? 차 이름 아닌가?'

그런 생각을 하던 김호철이 사내를 향해 말했다.

"본명은 아니라는 거군."

"당신이 죽는다면 당신의 묘비에 내 본명을 적어드리겠습니다."

"후! 죽으면서까지 알고 싶은 이름은 아니군. 시작하지."

김호철의 말에 아우디가 검을 쥔 손에 힘을 주었다. 단단하게 잡히는 검 손잡이를 느끼며 아우디가 김호철을 바라보았다.

'대륙 부수기……. 기록에 의하면 자신의 마나로 땅의 마나를 격발시켜 주위를 폭발시키는 기술……. 다수의 적을 상대하는 기술로는 전설이라 불릴 만하다. 하지만 일대일이라면 내 상단 가르기가 유리하다.'

생각과 함께 아우디의 검에서 빛이 흘러나오기 시작했다.

화아악! 화아악!

그 빛은 점점 더 짙어고 커져 갔다.

검의 세 배 가까이 커진 마나의 빛…….

이내 그 빛이 점점 줄어들기 시작했다.

간신히 검신을 덮을 정도로 줄어드는 마나 블레이드…….

하지만 그 위력이 약해진 것은 아니었다. 크기가 줄어든 만큼 마나 블레이드는 응축되고 더욱 강해져 있었다.

그런 아우디를 보던 김호철이 입술을 깨물었다.

'저놈이 준비가 되기를 기다렸던 건가?'

대륙 부수기의 준비는 끝이 났다.

이미 자신의 주위 땅에는 검은 기운이 넘실거리고 있었고 마나는 충만했다. 그런데도 칼은 대륙 부수기를 펼치지 않고 아우디가 준비되기를 기다린 것이다.

빨리 끝내라는 자신의 지시를 어긴 일이었지만 김호철은 그저 입맛을 다셨다.

'칼이 기사로서 생전의 자존심을 찾는다면…… 그것도 괜찮겠지.'

기사로서의 생전의 기억과 자존심들을 하나씩 찾을 때마다 칼은 더 강해질 것이다.

그런 생각을 하며 김호철이 입을 열었다.

"시작하자."

김호철의 말과 함께 아우디가 땅을 박찼다.

파앗!

빠르게 자신을 향해 쏘아져 오는 아우디와 동시에 김호철의 해머가 그대로 땅을 찍었다.

쾅!

"대륙 부수기!"

땅에 떨어진 해머와 땅에 퍼져 있던 검은 기운이 부딪쳤다. 그러자 섬광이 터져 나왔다.

번쩍!

콰콰콰쾅!

빛과 함께 김호철을 중심으로 둥그런 원을 그리며 땅이 터져 나가기 시작했다.

'온다.'

자신을 향해 땅을 터뜨리며 다가오고 있는 거대한 마나의 기운을 느낀 아우디가 검을 강하게 움켜쥐었다.

"상단 가르기."

낮은 음성과 함께 아우디의 검이 위에서 아래로 내리그어졌다. 그와 함께 아우디의 검에서 마나가 뿜어져 나갔다.

사악!

날카로운 소리와 함께 검에서 뿜어진 거대한 마나가 대륙 부수기를 향해 날카롭게 쏘아져 나갔다.

그리고…….

화아악!

대륙 부수기 앞에서 상단 가르기의 힘이 그대로 흩어지며 사라졌다.

"뭐?"

자신의 비기 상단 가르기가 대륙 부수기 앞에서 그대로 흩어지는 것에 아우디의 얼굴에 당황스러움이 어렸다. 그리고 그런 아우디에게 대륙 부수기가 덮쳐 왔다.

콰콰콰쾅!

땅을 부수며 거칠게 쏟아져 오는 대륙 부수기의 힘에 아우디의 얼굴에 황당함이 떠올랐다.

'이게…… 무슨?'

아우디의 생각은 더 이상 이어지지 못했다. 그의 몸을 대륙 부수기가 덮치며 지나가고 있었기 때문이었다.

콰콰쾅!

콰콰콰쾅!

터져 나가는 땅과 함께 아우디의 모습이 사라지자 오리진이 소리쳤다.

"퇴각."

오리진의 외침에 망토들이 그대로 몸을 돌려 달려가기 시작했다.

그들 역시 결계 안으로 들어와 있는 상태이기에 밖으로는 도주할 수 없다. 하지만 김호철에게서 벗어나기 위해 결계 라인을 따라 달릴 수는 있었다.

파파팟!

결계 라인을 따라 빠르게 내달리며 사라지는 망토인 들…….

하지만 오리진은 꿈쩍도 하지 않았다. 그저 아직도 그 범위를 넓혀가고 있는 대륙 부수기를 보고 있을 뿐이었다.

그런 오리진의 모습에 퇴각을 하던 망토 중 한 명이 되돌아왔다.

"부대장님, 돌아가야 합니다."

"난…… 남는다."

"타이란 백작 각하의 명은 퇴각이었습니다."

망토의 말에 오리진이 고개를 저었다.

"결계는 내일 오후쯤 해제될 것이다. 게이트가 열리고 결계가 풀리면 가장 가까운 점프 포인트를 찾아 본부로 이동하고 카인 후작께 이 상황을 보고해라. 가라."

"하지만……."

스윽!

오리진이 망토를 옆으로 젖히자 그의 손에 쥐어진 완드가 드러났다.

"더 이상 말하게 하지 말거라."

그 모습에 잠시 말이 없던 망토가 고개를 숙였다.

파앗!

그리고 빠르게 내달리며 사라지는 망토를 보던 오리진이 앞을 바라보았다.

대륙 부수기의 힘은 이미 사라지고 없었지만 아우디가 있던 자리는 흙먼지로 인해 보이지 않았다. 그 모습을 보던 오리진이 완드를 손에 쥐고는 아우디가 있던 곳으로 걸음을 옮겼다.

해머를 땅에 박아놓은 채 김호철은 앞을 바라보았다.

김호철의 시선이 닿는 곳에는 검을 앞으로 내밀고 있는 아우디가 서 있었다. 대륙 부수기로 둥글게 박살이 난 땅에서 아우디가 서 있는 곳과 그 뒤는 멀쩡했다. 갈기갈기 찢어진 망토와 옷을 입고 있는 아우디는 굳은 얼굴로 김호철을 보고 있었다.

"설마…… 버틴 건가?"

그때 한 줄기 바람이 불어왔다.

휘이익!

그리고 그 바람과 함께 아우디의 몸이 그대로 가루가 되어 흩어지기 시작했다.

사람의 몸이 가루가 되어 흩어지는 모습에 김호철이 입맛을 다셨다. 어쩐지 현실감이 없었던 것이다.

푸욱!

김호철이 그런 생각을 할 때 아우디의 검이 그대로 땅에 떨어지며 박혔다.

'대륙 부수기에도 부서지지 않다니……. 좋은 검인가?'

그런 생각을 할 때 아우디가 있던 곳으로 망토를 입은 한 사람이 다가왔다.

그 모습에 김호철이 힐끗 그 뒤를 바라보았다.

'저자 혼자인가?'

망토를 입은 자 뒤로 아무도 없는 것을 본 김호철이 해머를 들어 올렸다.

"아우디가 자신이 죽으면 모두 퇴각하라 했는데."

김호철의 말에 오리진이 그를 한 번 보고는 입을 열었다.

"부하이기 이전에 나는 친구입니다. 친구의 유품을 수습을 할 수 있게 해주십시오."

오리진의 말에 그를 보던 김호철이 입을 열었다.

"그렇게 하시오. 단…… 한 가지 물음에만 답을 해주시오."

"무엇입니까?"

"우리 쪽에서 그쪽을 사신이라 부르더군. 지구인들의 배를 갈라 마나석을 뽑아 간다는데 그게 사실인가?"

김호철의 말에 잠시 그를 보던 오리진이 땅에 박힌 검을 뽑았다.

스르륵!

부드럽게 뽑혀 나오는 검을 보던 오리진이 말했다.

"지구인들도 몬스터들에게서 마나석을 뽑는다 알고 있습니다."

"몬스터에게서 뽑는 것과 사람에게서 뽑는 것이 같다고 말하는 쓰레기냐? 너는?"

쓰레기라는 말에 가만히 있던 오리진이 입을 열었다.

"적을 죽이고 전리품을 챙긴다. 지구는 하지 않습니까?"

"사람 몸을 갈라서 전리품을 챙기지는 않는다."

"사람 몸 안에 귀한 보석이 있다 해도 말입니까?"

"그건……."

오리진의 말에 김호철은 말을 하지 못했다. 지구인들이라면…… 아마도 할 것이다.

살아 있는 상대라면 모르겠지만 죽은 사람의 몸 안에 수억의 가치를 가진 보물이 있다면 배를 갈라서 뽑아낼 것이다.

하지만 문제는…….

"지구에서는 그런 일이 없다고 하고 싶지만…… 지구에서도 사람을 납치해 장기를 꺼내 매매하는 죽일 놈들이 있으니까. 하지만 그것은 극히 일부의 죽일 놈이다. 그런데 너희는 전부가 그러는 것 같군. 그럼……."

잠시 말을 멈춘 김호철이 오리진을 바라보았다.

"너희의 눈에는 지구인이 그저 마나석을 갖고 있는…… 몬스터인 거냐?"

김호철의 물음에 오리진이 그를 보다가 고개를 저었다.

"몬스터라고는 생각하지 않습니다. 다만…… 저희에게 필요한 것을 가진 자들이라 생각할 뿐입니다."

"이 세상에도 마나석과 비슷한 마나를 머금은 광물이 있는데 굳이 왜 마나석을 원하는 것이지?"

"거기까지는 답을 하지 않겠습니다."

오리진의 답에 김호철이 그를 보다가 고개를 끄덕였다.

"좋다. 가라."

오리진이 고개를 숙여 보이고는 몸을 돌렸다.

그런 오리진을 보던 김호철이 소리쳤다.

"너희와 같은 놈이 많이 있나?"

김호철의 물음에 오리진이 걸음을 옮기며 답했다.

"이 커다란 산맥에서 당신들과 우리들이 만날 확률을 생각하십시오."

그것을 마지막으로 오리진의 몸이 순간 사라졌다.

'순간이동? 마법인가?'

사라져 버린 오리진의 모습을 떠올리던 김호철이 몸을 돌렸다.

'지금은 돌아가자. 지금은…….'

속으로 작게 중얼거린 김호철이 땅을 박찼다.

파지직! 파지직!

뇌전을 뿜어내는 날개를 만든 김호철은 저 멀리 모여 있는 동료들의 곁으로 날아갔다.

"다들 괜찮아?"

김호철의 말에 고윤희가 고개를 끄덕이고는 군인들을 향해 고개를 돌렸다.

"우리 쪽은 무사한데…… 군인 몇이 당했어."

고윤희의 말에 김호철이 한숨을 쉬었다.

"곧 있으면 지구로 돌아갈 수 있는데…… 내가 더 빨리 했어야 했는데."

"그런 생각하지 마. 넌 최선을 다했어."

고윤희의 위로에 고개를 끄덕인 김호철이 오민수를 향해 고개를 돌렸다.

"지금부터 바로 게이트가 열릴 장소로 향합니다. 다들 주의해 주세요."

김호철의 말에 오민수가 그를 보다가 말했다.

"아까 그 사신 놈을 왜 놓아준 건가? 자네라면 다 죽일 수 있었는데."

오민수의 목소리에는 작은 분노가 담겨져 있었다.

자신의 부하들이 죽었고, 자신의 동료들을 죽인 사신…….

그런데 그중 하나를 김호철이 눈앞에서 놓아준 것이다.

그런 오민수의 말에 잠시 그를 보던 김호철이 말했다.

"죽음을 각오하고 친구의 유품을 수습하겠다는 자를 죽이고 싶지는 않았습니다."

"하지만 사신은……."

오민수의 말에 박천수가 혀를 찼다.

"그렇게 죽이고 싶으면 오 대령께서 죽이면 되겠네. 지금이라도 쫓아가든가."

"이놈!"

버럭 고함을 지르는 오민수를 보며 박천수가 입을 열었다.

"우리는 당신 부하가 아닙니다. 그리고…… 우리 호철이가 아니었으면 당신들은 영원히 이곳에 있어야 했을 텐데요."

스윽!

박천수가 오민수를 보며 말을 이었다.

"게다가 방금도 호철이가 아니었으면 여기 있는 사람들이 살아 있을 것 같습니까?"

박천수의 말에 오민수가 입술을 깨물었다.

"그건…… 내가 미안하네."

"사과 받겠다고 이런 말을 하는 것은 아닙니다. 지금은 집으로 돌아갈 일만 생각했으면 합니다."

그러고는 박천수가 김호철을 향해 고개를 돌렸다.

"출발하자."

박천수의 말에 김호철이 고개를 끄덕이고는 숨을 들이마셨다. 그러자 가슴 가득히 머금어지는 마나의 기운이 느껴졌다. 대륙 부수기라는 큰 기술을 사용했지만 이미 마나는 모두 회복이 되어 있었다.

'이곳 마나가 대단하기는 하네.'

속으로 중얼거린 김호철이 뇌전의 날개를 크게 만들어내고는 앞으로 내달렸다.

"따라오세요."

김호철의 말에 일행들과 몬스터들이 빠르게 그 뒤를 쫓기 시작했다.

6장
지구로 돌아오다

우즈베키스탄 자리프는 인구 육만이 사는 도시였다. 하지만 지금 그 도시에는 천 명의 사람만이 존재하고 있었다.

이 도시에서 게이트가 열리기 때문이었다.

타타탓!

"빨리 움직여!"

"1구역 지뢰 매설 완료!"

"2구역 지뢰 매설 완료!"

사방에서 들려오는 외침을 들으며 알렉스 대위는 대구경 저격 총 스코프의 초점을 맞추기 시작했다.

스르륵! 스르륵!

시야가 줄었다 늘었다 하는 것을 느끼며 알렉스 대위가 심

호흡을 했다.

'긴장하지 말자. 긴장하지 말자.'

알렉스 대위는 얼마 전 각성을 해 능력자가 되었다.

무기에 마나를 실어 쏘는 원거리 공격 능력자라 몬스터와 직접 싸울 일은 없어 위험은 다소 줄겠지만 긴장이 되었다. 각성을 하고 처음으로 맡는 게이트 임무인 것이다.

"후우!"

길게 숨을 내쉰 알렉스의 무전기를 통해 무전이 들려왔다.

─곧 게이트가 열린다. 대기하도록.

무전기에서 들리는 소리에 알렉스가 스코프에 눈을 가져다 댔다. 게이트가 열릴 곳으로 추정되는 곳을 표시한 깃발을 보며 초점을 맞춘 알렉스가 숨을 골랐다.

'대형 몬스터는 무릎, 중형 몬스터는 어깨와 무릎, 소형 몬스터는 머리나 복부⋯⋯.'

저격수가 노려야 하는 몬스터의 타격점을 되새기던 알렉스의 눈에 빛이 번쩍이는 것이 보였다.

'크윽! 이런.'

실수였다. 게이트가 열릴 때 눈부신 빛이 번쩍인다는 것을 깜빡한 것이다. 그에 눈을 급히 감은 알렉스의 귀에 폭음과 총소리가 요란하게 들려왔다.

쾅! 쾅! 퍼퍼퍼펑!

타타탕! 타탕!

폭음과 총소리에 알렉스가 눈에 힘을 주었다.

아직 눈이 찌릿찌릿하기는 했지만 곧 시야가 돌아온 알렉스가 스코프에 눈을 가져갔다.

그리고 알렉스의 얼굴에 의아함이 어렸다.

'저건 사람?'

몬스터들 사이로 사람이 보였다. 그것도 한둘이 아닌 수십 명의 사람이 말이다.

"게이트에서 수십 명의 사람이 나왔습니다."

급히 무전기를 통해 보고를 한 알렉스가 스코프로 다시 게이트 쪽을 볼 때 그의 눈에 굉장한 것이 보였다.

한 사내가 땅을 박차며 솟구치는 것과 함께 등에서 뇌전의 날개가 뿜어져 나왔다.

그리고…….

'데스 나이트?'

뇌전의 날개를 뿜어냈다 싶은 순간 데스 나이트로 변한 것이다.

그리고…….

파지직! 파지직!

그의 등에서 뿜어진 거대한 뇌전들이 주위에 있는 몬스터들을 향해 쏟아지기 시작했다.

게이트를 넘어오는 것과 동시에 김호철이 하늘로 솟구쳤다.

뇌전의 날개를 뿜어내는 것과 함께 데스 나이트와 합체한 김호철이 힘을 쏟아냈다.

파지직! 파지직!

사방으로 쏟아지는 뇌전이 몬스터들을 빠르게 구워 버렸다.

파지직! 파지직!

퍽퍽!

그러는 한편 김호철의 몸에는 타격이 들어왔다.

'시발, 총알!'

그의 몸을 때리는 것은 어디선가 쏘아대는 총탄이었다.

물론 다니엘의 방어력을 뚫지는 못하지만 몸에는 충격이 들어오니 아프기는 한 것이다.

다행이라면 포격은 없다는 것이었다.

어쨌든 자신의 몸을 때리는 총탄을 받으며 김호철은 정신없이 주위의 몬스터들을 쓸어버렸다.

총탄은 자신에게 피해가 되지 않지만 게이트와 함께 나타난 몬스터들은 동료들에게 피해가 되는 것이다.

그렇게 김호철이 동료들 주위에 있는 몬스터들을 빠르게 날려 버릴 때 하늘 위에 검은 연기가 솟구쳤다.

〈Help〉

박천수가 담배 연기로 하늘에 도움을 요청하는 글을 쓴 것이다.

그제야 사방에서 날아오던 총알들이 멈추기 시작했다.

그렇지 않아도 웬 사람이 데스 나이트로 변하더니 몬스터들을 쓸어버리고 있어 의아했는데 하늘에 도와 달라는 영어가 쓰이자 총격을 멈춘 것이다. 거기에 몬스터들 사이로 사람들이 보인다는 보고가 사방에서 들려오기도 했고 말이다.

어쨌든 총격이 멈추자 김호철이 주위 몬스터들을 쓸어버리는 것을 그만두고 길을 뚫기 시작했다.

파지직! 파지직!

김호철의 뇌전이 일직선으로 뿜어져 나갔다.

파지직! 파지직!

뇌전에 의해 몬스터들이 순식간에 숯불구이가 돼서 쓰러지는 것과 함께 김호철이 소리쳤다.

"가!"

김호철의 외침에 오민수와 그 군인들이 빠르게 뚫린 통로를 따라 내달리기 시작했다.

그런 사람들을 향해 몬스터들이 양쪽에서 덮쳐 왔다. 하지만…….

파지직! 파지직!

김호철의 뇌전에 달려오던 몬스터들이 숯불구이가 되어 그대로 쓰러졌다.

그렇게 김호철 뇌전에 보호를 받으며 빠르게 내달리던 사람들은 곧 군인들의 마중 아닌 마중을 받을 수 있었다.

철컥! 철컥!

자신들을 향해 총구를 겨누며 경계를 하는 서양인들을 향해 오민수가 소리쳤다. 영어로 뭐라 뭐라 소리를 치는 오민수를 향해 군인 몇이 뭐라 뭐라 소리를 쳤다.

그 소리에 오민수 부하 중 몇이 소리를 질렀다. 그리고 뭐라 뭐라 대화를 한 오민수 부하들이 울며 함성을 질렀다.

하늘에 떠서 몬스터들을 빠르게 죽여 나가던 김호철은 주위 몬스터들이 어느 정도 제거가 되자 일행들이 있는 곳으로 날아갔다.

철컥! 철컥!

자신을 향해 총구를 겨누는 군인들의 모습과 함께 오민수가 뭐라 소리를 지르는 것이 보였다. 그에 총구를 겨눴던 군인들이 경계 어린 눈으로 오민수와 뭐라 대화를 하는 것이 보였다. 하지만 여전히 총구를 겨누고 있는 군인들…….

"김호철 씨, 데스 나이트와 합체를 푸세요."

오민수의 말에 김호철이 땅에 내려서는 칼과의 합체를 풀었다.

화아악!

데스 나이트와의 합체를 풀자 군인들의 얼굴에 놀람이 어렸다. 데스 나이트가 사람으로 변하니 말이다.

총구를 내리는 군인들을 보며 김호철이 일행들에게 다가갔다. 김호철이 다가오는 것에 총구를 내렸던 군인들이 급히 총을 들어 올렸다.

그 모습에 김호철이 입맛을 다시며 양손을 들어 올렸다.

방금 전까지 자신은 데스 나이트였으니 군인들이 경계를 하는 것도 당연했다.

김호철이 오민수에게 눈짓을 주자 그가 군인들에게 뭐라 말하기 시작했고, 곧 김호철에게 겨눠졌던 총구가 모두 내려갔다.

그제야 김호철이 일행들에게 다가갔다.

"여기 어디예요?"

김호철의 물음에 박천수가 답했다.

"우즈베키스탄이라는데."

"우즈베키스탄?"

이름은 들어본 나라지만 어디에 있는지는 모른다.

그저 러시아와 관련이 있는 나라라는 것과…… 미인이 많은 나라라는 것 정도만 알 뿐이었다.

"핸드폰은요?"

"이제 터져. 지금 마리아가 도원군 국장님한테 전화하고 있어."

김호철이 마리아를 보니 그녀는 핸드폰을 들고 통화를 하고 있었다.

잠시 통화를 하던 마리아가 고개를 끄덕이고는 일행들을 향해 고개를 돌렸다.

"지금 우즈베키스탄 대사관에 연락을 해서 우리에 대한 것을 알리겠대요."

마리아의 말에 김호철이 오민수를 향해 고개를 돌렸다.

"여기 군인들에게 제가 몬스터 퇴치를 도와주겠다고 말해 주세요."

김호철의 말에 오민수가 군인들에게 뭐라 뭐라 말을 하기 시작했다.

대화를 하던 오민수가 고개를 끄덕이고는 김호철을 향해 고개를 들었다.

"그런데 자네를 몬스터들과 구별 못 해서 공격을 할지도 모르겠다는데?"

오민수의 말에 김호철이 주위를 보다가 자신과 같이 온 군인들에게 말했다.

"상의 좀 벗어주세요."

군인들이 상의를 벗어주자 김호철이 그것을 서로 묶었다. 그러고는 데스 나이트와 합체를 하고 묶은 상의를 다시 허리에 길게 묶었다.

마치 치마를 입은 것 같은 모습이 된 자신을 내려다본 김호철이 오민수에게 말했다.

"우즈베키스탄 군인들한테 군복으로 된 하의를 입은 데스 나이트는 아군이라고 공격하지 말라고 하세요."

말과 함께 김호철이 뇌전의 날개를 뿜어내며 솟구쳤다.

그 모습에 오민수가 군인들에게 설명을 하자 그들이 빠르게 무전을 날리기 시작했다.

하늘로 솟구친 김호철이 상황을 살폈다. 차를 들어 던지고 가로등을 뽑아 휘두르는 몬스터들과 그들을 상대로 싸우고 있는 우즈베키스탄의 능력자들……

'일단 한국 가기 전에 이쪽에 도움을 주는 것이 낫겠지.'

생각과 함께 김호철이 몬스터들 사이로 떨어졌다.

쿵!

묵직한 소리와 함께 땅에 떨어진 김호철이 몬스터들을 뛰어들었다.

"가자!"

김호철의 가세로 도시에 나타난 몬스터들은 빠르게 제거

가 되었다.

하지만 문제는 그 후에 벌어졌다.

열 명가량의 정장을 말끔하게 차려 입은 중년, 혹은 노인들이 소리를 지르며 이야기를 나누고 있었다.

그리고 그중 가장 큰 목소리를 내고 있는 사람은 둘이었다.

금발의 푸른 눈동자를 한 서양계 중년인, 그리고 다른 한 사람은 한국 대사관에서 온 최수영 영사였다.

지금 정장을 입은 자는 모두 우즈베키스탄에 대사관을 둔 각국의 영사였다.

우즈베키스탄에 도착한 오민수와 그 부하들은 각자 자신들의 국가에 연락을 했고, 그 연락을 받은 각국에서 영사들을 바로 그 자리로 보낸 것이다.

그리고 지금 그들이 싸우는 이유는 단 하나, 오민수 대령 팀이 아르카디안에서 연구하고 가져온 토질, 식물, 천문과 같은 자료 때문이었다.

게이트를 넘어갔던 이들이 살아 돌아온 것도 놀라운 일인데 그들은 몇십 년에 달하는 연구 자료까지 가지고 왔다. 그러니 그 자료를 서로 가져가겠다고 싸우고 있는 것이다.

한국 최수영 영사는 돌아온 인원 중 반 이상이 한국인이고, 그들을 지휘하던 이도 한국인이니 이 자료는 자신들의 것이라 주장을 했다.

다른 한 명은 우즈베키스탄 외교부 장관 유라노프였다.

그는 이들 중 자국의 사람은 없지만, 우즈베키스탄에서 나타난 사람들에게서 나온 자료들이니 우선권이 자신들 나라에 있다 주장을 했다.

그리고 다른 영사들도 자신들의 군인과 능력자가 자료를 가져오는 데 힘을 보탰다며 그 권리를 주장하고 있었다.

그 덕에 지구에 도착하면 고향에서 편하게 쉴 수 있을 거라는 기대를 하던 김호철과 오민수 일행은 낙동강 오리알처럼 멀뚱히 기다릴 수밖에 없었다.

"이거 상황이 개같이 될 것 같은데."

김호철의 중얼거림에 박천수가 담배를 피우며 고개를 끄덕였다.

"그냥 자료들 복사해서 한 부씩 가지면 안 되나?"

박천수의 말에 김호철이 입맛을 다셨다.

"자기만 갖고 남에게는 주고 싶지 않아서 이런 것 아니겠습니까?"

김호철이 그런 생각을 할 때 트럭 한 대가 그들이 있는 곳으로 다가왔다. 트럭에서 내린 한국인이 그들에게 소리쳤다.

"여기로 오세요!"

한국인의 외침에 김호철과 사람들이 트럭으로 다가갔다.

그들이 다가오자 트럭에서 음식들이 내려졌다.

"우와! 김치다!"

"육개장!"

트럭에서 내려지는 통 안에는 한국 음식들이 가득 쌓여 있었다.

놀라고 반가워하는 이들을 보며 대사관 직원이 웃으며 말했다.

"영사님께서 고향 음식을 그리워할 것이라며 준비하셨습니다. 어서 식사들 하세요."

사무소 식구들도 열흘 만에 보는 한국 음식들이 반가운데 오민수 일행의 반가움은 더할 나위가 없었다.

나이 지긋하고 중후한 오민수 대령조차도 얼굴에 흥분을 참지 못하고 통에서 덜어지는 음식들을 멍하니 보고 있었다.

불고기부터 갈비까지 한국인이라면 누구나 좋아할 만한 음식들을 보던 김호철이 음식들을 식판에 서둘러 담았다.

식판 한가득 음식을 담은 일행들이 한자리에 모여서 밥을 먹기 시작했다.

"그런데 저 자료 주인 정해지기 전에는 움직이지 못하는 겁니까?"

김호철의 말에 박천수가 육개장을 떠먹다가 고개를 저었다.

"지들이 뭘 하든 우리가 가려고 하면 가는 거지. 정 안 되면 호철이 와이번 타고 한국으로 날아가도 되고."

김호철은 박천수의 말에 일리가 있다고 생각했다. 한국에서도 게이트 찾아다닐 때 자주 와이번 타고 다녔으니 말이다.

어쨌든 음식을 다 먹은 김호철이 식판을 내려놓고는 일행들을 바라보았다.

"그런데 뭔가 이상하지 않습니까?"

김호철의 말에 마리아가 그를 바라보았다.

"뭐가요?"

"몸이 좀 무거운 것 같고 느낌이…… 감기 걸린 것처럼 좀 불편하지 않습니까?"

자신의 몸을 내려다보는 김호철을 본 박천수가 식판을 내려놓았다.

"마나가 풍부한 아르카디안에 있다가 지구로 왔으니 당연한 현상이야."

"당연한 현상?"

"그 우주 비행사들이 달에 갔다가 지구에 오면 중력 때문에 무겁고 힘들어하는 부작용 같은 것 생기잖아. 그것과 같은 거야. 저기 봐라."

박천수가 한쪽을 가리켰다. 그곳에는 지친 얼굴로 바닥에 주저앉아 있는 사람들이 있었다. 각 국가 대사관 직원들이 물이나 음식들을 챙겨주고 있었지만 그들은 지친 얼굴로 그저 고개만 젓고 있을 뿐이었다.

"고작 열흘 있었던 우리도 마나의 농도가 다른 것에 불쾌감을 느끼고 있어. 저들은 최소 몇 년에서 십수 년을 아르카디안에 있다가 왔으니…… 잘못하면 죽을 수도 있어."

"죽는다고요?"

김호철의 놀란 목소리에 박천수가 고개를 끄덕였다.

"고산병이라고 들어봤지?"

"들어는 봤습니다."

"높은 고산 지역에는 산소가 희박하지. 그 희박한 산소에 적응을 하지 못하면 병이 생기고, 그 병이 심해지면 죽을 수도 있는 거야. 지금은 산소가 아니라 희박한 마나에 힘든 거고."

힘들어하는 사람들을 잠시 보던 박천수가 김호철을 보며 말했다.

"특히 마나 보유량이 많은 사람일수록 힘들 거다. 아마 가만히 있어도 마나가 줄줄 새고 있을 거야."

박천수의 말에 김호철이 걱정스러운 눈으로 마리아를 바라보았다.

"소장님은 좀 어때요?"

"조금 무기력한 기분이 들기는 해도 괜찮아요."

아르카디안에서 오래 있지 않아 영향을 그리 많이 받지 않는 모양이었다.

"다행이군요."

그러고는 김호철이 몸을 일으켰다.

"왜 일어나?"

박천수의 말에 김호철이 영사들이 있는 곳으로 걸음을 옮기며 말했다.

"고생해서 데리고 온 사람들을 죽일 게 아니라면 쉴 수 있는 곳으로 가야겠습니다."

말과 함께 영사들에게 걸어가는 김호철을 보던 박천수가 고개를 끄덕이고는 그 뒤를 따라갔다.

"우리도 갈까요?"

고윤희의 말에 박천수가 고개를 저었다.

"내가 따라갈 테니까 너희들은 쉬고 있어."

자신의 뒤를 따라오는 박천수와 함께 영사들이 있는 곳에 간 김호철은 그들 중심에 놓여 있는 상자와 노트북들을 볼 수 있었다. 그리고 그 상자 옆에 주저앉아 있는 세 명의 과학자도……

"뭐 좀 먹었습니까?"

김호철의 말에 과학자들이 그를 바라보았다.

"아직……."

"뭐라도 좀 드시지 그러세요."

"이 자료들이 해결되기 전에는 움직일 수가 없네."

과학자들의 말에 김호철이 그들을 보다가 최수영 영사를 향해 고개를 돌렸다.

"언제까지 이곳에 있어야 합니까?"

"김호철 씨, 잘 오셨습니다."

그러고는 최수영이 다른 영사들에게 김호철을 가리키며 영어로 뭐라 말을 하기 시작했다.

아마 자신이 누구인지 말을 하는 것 같았다.

영사들이 자신을 보는 것을 느끼며 김호철이 자료들을 손으로 가리켰다.

"이 자료 어디까지나 게이트를 넘어간 사람들이 목숨을 걸고 연구하고 만들어 놓은 것입니다. 누구 하나의 것이라기보다는 이 일에 관여한 모든 이의 것이니…… 한 나라에서 독점하는 것은 안 된다 생각합니다."

김호철의 말에 최수영이 굳은 얼굴로 그를 바라보았다.

"지금 무슨 말을 하는 겁니까?"

"말 그대로입니다."

그러고는 김호철이 과학자들을 향해 고개를 돌렸다.

"제 말을 통역해 주시겠습니까?"

김호철의 말에 과학자 중 한 명이 영어로 그 말을 통역을 해주었다.

그러자 영사 모두가 뭐라 뭐라 소리를 지르기 시작했다.

무슨 말인지는 몰라도 말이 안 된다 뭐다 하는 것 같았다.

그런 영사들을 보던 김호철이 말했다.

"돌아온 사람들을 보십시오. 지금 다들 적응하지 못해 힘들어합니다. 나라의 명령을 따라 죽을지 살지도 모르는 게이트에 들어가고, 이제 간신히 살아남아 돌아온 사람들에게…… 이렇게밖에 대접 못 하는 겁니까?"

김호철의 말을 통역하는 과학자를 보며 최수영이 말했다.

"그렇기 때문에 저 자료들을 우리가 가져가야 하는 것이네. 저 자료들이 있어야 저들이 게이트를 넘어간 성과가 있는 것 아닌가."

"굳이 그 성과를 우리들만 가질 이유는 없습니다. 모든 나라의 희생으로 이 자료들이 만들어진 겁니다."

"하나! 가장 많은 사람이 돌아온 것은 우리 한국이네. 그 말은 저 자료를 만드는 데 우리나라가 가장 많은 역할을 하고 지분이 있다는 것이네."

최수영의 말에 김호철이 영사들을 향해 고개를 돌렸다.

"여러분도 이 자료 독점하고 싶습니까? 아니면 다들 한 부씩 복사를 해서 나눠 가지고 싶습니까?"

김호철의 말에 영사들이 주위 눈치를 보다가 우즈베키스탄 외교 장관 우라노프가 슬쩍 손을 들었다.

우라노프의 말을 과학자가 해석해 주었다.

"우즈베키스탄은 복사해서 가져도 상관없다고 하네."

최수영이 고함을 질렀다.

"우즈베키스탄에서 한 것이 뭐가 있다고 이 자료를 가지겠다는 말이오!"

최수영이 영어로 말했기 때문에 과학자가 김호철에게 통역을 해주었다. 어쨌든 다시 고성이 오가는 것에 김호철이 한숨을 쉬었다.

'참 말귀 못 알아듣네.'

그러는 사이 박천수가 과학자들과 뭔가 이야기를 나누었다. 그리고 과학자들이 슬쩍 상자 안에 있는 서류 몇 개를 눈으로 가리켰다. 그에 고개를 끄덕인 박천수가 서류 하나를 집어 들었다. 그러고는 그것을 손바닥에 가볍게 치기 시작했다.

탓! 탓! 탓!

말없이 손바닥에 서류를 치는 박천수의 행동에 소리를 지르고 말다툼을 하던 영사들이 하나둘씩 그를 바라보았다. 그렇지 않아도 서류를 집어 들 때부터 박천수를 눈여겨본 것이다.

사람들이 자신을 보자 박천수가 라이터를 꺼내 담배에 불을 붙였다.

"후우!"

길게 담배 연기를 내뿜는 박천수의 모습에 최수영이 눈을 찡그렸다. 나이도 많고 사회적 위치도 높은 자신 앞에서 이렇게 대놓고 담배를 피우니 버릇없게 느껴지는 것이다.

하지만 곧 최수영의 얼굴에는 놀람과 경악이 어렸다. 박천수가 담배를 서류에 가져다 댄 것이다.

그러자…….

화르륵!

서류에 곧 불이 붙으며 타들어 가기 시작했다.

"지금 이게!"

소리를 지르는 최수영에게 박천수가 손가락을 들어 기다리라 하고는 불이 난 서류에 다른 서류를 가져다 댔다.

화르륵!

순식간에 불이 붙는 서류에 최수영이 급히 다가왔다.

"지금 이게 뭐하는 짓이오! 이게 어떤 자료들인지 알고!"

급히 불을 끄려는 최수영의 앞에 순간 몬스터 하나가 모습을 드러냈다.

"크아앙!"

갑자기 자신의 앞에 몬스터가 나타나자 최수영이 뒤로 물러났다.

몬스터를 뽑아 주위를 막은 김호철이 박천수를 바라보았다.

'어쩌려고 그래요?'

박천수의 눈짓에 박천수가 살짝 눈을 찡긋거리고는 최수영과 영사들을 바라보았다.

"결정합시다. 다 나눠 가지든지…… 아니면……."

스윽!

서류 한 장을 다시 꺼내 든 박천수가 아직도 손에서 타고 있는 종이에 불을 붙였다.

화르륵!

"태우시든가."

"당신, 이러고도 무사할 것 같아! 이건!"

최수영의 고함에 박천수가 웃으며 어느새 재가 되어버린 서류를 던져 버리고는 새로운 서류를 꺼내 불을 붙였다.

"그럼 태우시든가."

"이자가! 막아라!"

최수영의 외침에 그의 보디가드들이 뛰어왔다. 하지만…… 그들은 멈출 수밖에 없었다. 그들의 앞을 김호철의 몬스터들이 가로막은 것이다.

철컥! 철컥!

권총을 꺼내 몬스터를 겨눈 보디가드들이 빠르게 총을 쏘아댔다.

하지만 대구경도 아니고 권총에 당할 김호철의 몬스터들이 아니다.

총알을 몸으로 받으며 몬스터들이 보디가드들을 가볍게 들어서는 던져 버렸다.

그 모습에 최수영이 김호철을 바라보았다.

"당신! 이러고도 무사할 것 같아!"

박천수에게 했던 말을 똑같이 하는 최수영을 보며 김호철이 고개를 끄덕였다.

"핵이라도 쏘지 않는 이상 저는 안 당합니다. 설마 저 하나 잡자고 핵을 쏘지는 않을 것 같은데…… 아! 그러고 보니 한국에는 핵이 없죠. 그럼 저는 별일 없을 것 같네요."

"으드득!"

김호철을 보며 최수영이 이를 갈 때 박천수가 서류 하나를 더 꺼내 불을 붙였다.

"잘 타네."

화르륵!

다시 타오르는 서류에 최수영이 입을 열었다.

"한국은…… 복사해서 가져가는 것에 찬성합니다."

최수영의 말에 다른 나라 영사들이 서로를 바라보았다.

사실 최수영의 말대로 이 자료에 대해 가장 큰 권리를 주장할 수 있는 것은 한국이었다. 돌아온 인원 중 한국인이 가장 많았고, 그들이 돌아오는 데 한국인 김호철의 역할이 가장 컸으니 말이다.

그런 한국이 자료를 공유하는 것에 찬성했다면 그들이 거절할 이유는 없었다.

다른 영사들도 하나둘씩 찬성한다며 손을 들었다. 그에 박천수가 고개를 끄덕이며 타는 서류를 훌쩍 던졌다.

"역시 거래는 붙이고 싸움은 말리랬다고, 얼마나 좋습니까. 자! 그럼 복사는 여러분이 알아서 하는 걸로 하고……. 사람들을 쉴 수 있는 곳으로 좀 보내주십시오."

박천수의 말에 그를 쏘아보던 최수영이 고개를 끄덕이고는 수행 비서를 불러 뭔가를 지시했다.

그 모습을 보며 김호철과 박천수가 일행들이 있는 곳으로 걸어갔다.

"그런데 서류를 그렇게 태우면 어떻게 합니까? 그 자료들 모으느라 사람이 많이 죽었을 텐데."

"과학자들이 중요한 자료들은 밑에 깔려 있고 위에 있는 서류들은 그리 중한 내용이 아니라고 했어. 그것들만 태운 거야."

"아…… 그런데 서류를 태울 생각은 어떻게 하셨습니까?"

김호철의 물음에 박천수가 미소를 지었다.

"사극 드라마에서 봤지."

"사극 드라마?"

"예전에 인기 많았던 상인 사극 드라마였는데…… 거기서 상인들이 자기 물건을 사지 않자 주인공이 자기 물건을 하나씩 태워 버렸어."

"자기 물건을 태워요?"

"응, 가격 좀 떨어뜨려서 사려고 했는데 주인공이 손해 보고 팔 바에는 다 태워 버리겠다고 하니……. 후! 어쩔 수 없이 두 손 들고 비싸게 사더라고."

"그러다 안 사면요?"

"그놈들한테도 주인공 물건은 꼭 사야 할 물건이었거든."

박천수의 말에 김호철이 그를 멍하니 보다가 말했다.

"그런데 그건 드라마고 이건 현실인데……. 만약 영사들이 찬성 안 했으면 어쩌려고 그러셨어요?"

"그럼 다 태워 버리는 거지."

"다 태워요?"

"말이 그렇다는 거지. 설마 다 태우겠어. 적당히 태우다가 알아서 하라고 난 빠지는 거지."

정말 무책임한 말을 당당하게 하는 박천수를 보던 김호철이 피식 웃었다.

어찌 되었건 박천수의 기지로 사람들이 쉴 수 있게 된 것이다.

일행들이 있는 곳으로 돌아온 김호철은 잠시 후 다가온 버스에 탈 수 있었다.

우즈베키스탄의 한국 대사관에서 행복 사무소 직원들과 오민수, 한국 군인들은 편히 쉬며 건강검진을 받았다.

혹시라도 이세계의 병균 같은 것을 가져왔을지도 모르기에 철저한 방역과 검사들을 받는 것이다.

거기에 김호철과 일행들은 필요 없지만 오민수와 그 군인들은 재활 훈련을 받아야 했다. 마나가 가득한 곳에 적응을 해버린 오민수와 그 부하들은 지구의 마나 농도에 적응하는 기간이 필요했던 것이다.

그 덕에 김호철과 일행들은 삼 일째 돌아가지 못하고 대사관에서 먹고 자면서 지내고 있었다.

대사관 구내식당에서 밥을 먹던 마리아가 일행들을 바라보았다.

"우리라도 한국으로 가야겠어요."

마리아의 말에 김호철이 고개를 끄덕였다.

"좋은 생각이에요. 저도 혜원이 걱정도 되고 우리끼리라도 한국으로 돌아가죠."

"그래요. 그리고 초아를 언제까지 가방 안에 넣어둘 순 없어요. 빨리 한국으로 가서 우리 사무소 자리도 알아봐야 되고 초아 마법진도 설치하려면 시간이 급해요."

조금은 조급해 보이는 마리아를 보며 정민이 미소를 지었다.

"그건 걱정하지 않아도 돼요."

"뭐가?"

무슨 말이냐는 듯 바라보는 마리아를 보며 정민이 입을 열었다.

"여기 도착하자마자 제가 아는 건설 업자한테 전화를 해놨어요. 저희 사무소 있던 자리에 건물 올리라고요."

"건물을?"

"지하 훈련장 만드는 데 들어간 돈이 얼마인데 그 자리 두고 다른 곳으로 이사 갈 수는 없잖아요."

정민의 말에 박천수가 웃으며 그 머리에 손을 올렸다.

"정민이가 정말 좋은 생각을 했구나."

"후!"

가볍게 웃은 정민이 마리아를 바라보았다.

"일단 지하 훈련장을 사용할 수 있도록 건물 올리라고 했는데요. 지금은 지반 기초 공사를 하고 있을 거예요. 그리고……."

정민이 핸드폰을 꺼내 마리아에게 보여주었다.

"기초 공사 끝나면 누나한테 보여주려고 했는데…… 일단 보세요."

말과 함께 정민이 사진을 올려 보여주었다.

"요즘 조립식으로 지으면 한 달이면 된다고 하더라고요."

"조립식?"

"빔 세우고……."

설명을 하려던 정민은 자신의 말을 알아들을 사람이 없다 생각을 했는지 고개를 저었다.

"하여튼 공장에서 만들어진 건물 블록들을 현장에서 조립하는 거라고 생각하면 돼요. 일종의 블록 쌓기예요."

"그럼 건물 약한 것 아냐?"

"조립식이라고 해도 건물이 약한 것은 아니에요. 아니, 어쩌면 더 튼튼하죠. 커다란 철근으로 기초 골격을 만드니까."

"한 달……."

잠시 생각을 하던 마리아가 핸드폰 사진들을 바라보았다.

정민의 핸드폰에는 건설 업자가 보낸 건물 사진들이 떠 있었다.

"이 중에 마음에 드는 걸로 고르거나, 기본적인 골격을 생각하고 여기서 뭔가 더 보태시면 되요."

정민의 말에 마리아가 건물 사진을 몇 개 보다가 고개를 끄덕였다.

"조금 더 고급스러웠으면 좋겠어."

마리아의 말에 종이를 꺼내 메모를 하던 정민이 말했다.

"그럼 외형을 대리석으로 할까요?"

"그것보다는 빨간 벽돌 있잖아. 그걸로 외형을 장식했으면 좋겠어."

"빨간 벽돌이라. 누나하고 잘 어울리네요. 알았어요. 그럼 외형은 빨간 벽돌로 하고…… 또 없어요?"

"예전 건물하고 최대한 비슷한 구조로 만들었으면 좋겠어."

"그거야 당연하죠."

마리아와 정민이 이야기하는 것을 보던 김호철이 자리에서 일어났다.

"영사와 이야기하고 오겠습니다. 갈 준비들 하세요."

"못 보내겠다고 하면?"

"누가요?"

"그야 영사가."

박천수의 말에 그를 보던 김호철이 웃었다.

"이때까지 이곳에 머물렀던 이유는 우리도 휴식과 지구 마나에 적응할 시간이 필요해서였어요. 우리가 간다고 하면 가는 겁니다."

스윽!

몸을 돌린 김호철이 구내식당을 벗어나는 것을 보던 박천수가 마리아를 바라보았다.

"호철이가…… 좀 변한 것 같지 않아? 뭔가 듬직해졌다고 해야 하나?"

박천수의 말에 마리아가 고개를 끄덕였다.

"아마 자신이 할 수 있는 것이 어느 정도인지 알았기 때문인 것 같아요."

"할 수 있는 일?"

"호철 씨는 능력자가 된 지 이제 반년 조금 넘었어요. 그리고 아주 빠르게 강해졌죠."

마리아의 말에 사람들이 고개를 끄덕였다. 김호철의 강해진 속도는 가까운 곳에서 본 그들이 가장 잘 안다.

그런 사람들을 보며 마리아가 말했다.

"호철 씨는 자신이 강해진 것을 알지만 그동안 얼마나 강했는지 잘 느끼지 못했을 거예요. 그러다 아마 이번 아르카디안에서 겪은 일로 자신이 얼마나 강한지 알았을 거예요. 수많은 몬스터도 김호철 씨 앞에서는 한줌 재에 불과했어요.

또한 그 기술⋯⋯."

기술이라는 말에 사람들이 침을 삼켰다. 마리아가 말하는 기술이 무엇인지 바로 눈치를 챈 것이다.

"대륙 부수기⋯⋯."

박천수의 중얼거림에 마리아가 고개를 끄덕였다.

"제 기술 중에도 100m 정도는 영향을 줄 수 있는 것이 있기는 하지만 그 정도 파괴력을 낼 수는 없어요. 하지만 김호철 씨는 자신의 주위 100m 이내 땅을 황무지로 만들어버렸어요. 거기에 기술의 여파는 거의 500m에 달했죠. 이 말은 기술의 여파의 처음과 끝의 거리가 거의 1㎞에 달한다는 말이에요."

마리아가 잠시 주위를 보다가 말을 이었다.

"아마 여기서 호철 씨가 그 기술 쓰면 이 주변이 그대로 사라져 버릴 거예요."

"힘에 대한 자신감이라는 말인가?"

"그래요. 그러니⋯⋯ 호철 씨는 자신에 대한 자신감이 생긴 거예요."

마리아의 말에 박천수가 손끝으로 탁자를 두들겼다.

톡! 톡! 톡!

"힘에 대한 자신감이라⋯⋯. 자만심이 되면 안 되는데⋯⋯."

박천수의 말에 고윤희가 피식 웃었다.

"건방져지면 내가 뒤통수 팍! 하고 때려 버릴 테니까. 그런 걱정은 말아요."

"윤희 네가?"

"그럼 옆에서 보고만 있어요? 그리고 천수 오빠도 보고만 있지 않을 거잖아요."

고윤희의 말에 박천수가 웃으며 주먹을 들어 보였다.

"하긴…… 우리들이 옆에 있으니……. 건방지기만 해져 봐. 그냥 확!"

"확? 어쩌시게요. 지금 싸우면 오빠는 한 주먹도 안 될 텐데……."

고윤희의 말에 박천수가 슬며시 주먹을 내리고는 말했다.

"잘 타일러야지. 그러지 말라고."

박천수의 말에 일행들이 웃다가 몸을 일으켰다.

"그럼 짐 챙기고 대사관 마당에서 모이죠. 호철 씨가 와이번을 소환하려면 좀 넓은 곳이 있어야 하니까."

마리아의 말에 일행들이 고개를 끄덕이고는 각자 방으로 걸음을 옮겼다.

대사관저의 거실에서 김호철은 최수영 영사를 기다리고 있었다.

'내가 대사관 영사 거실에도 다 들어와 보고 별일이네.'

그렇게 한참을 기다리자 최수영이 거실 안으로 들어왔다. 그런데 그 옆에는 오민수도 함께였다.

"호철 씨 왔나."

아르카디안에서 죽을 것이라 생각을 했던 오민수는 지구에 와서인지 얼굴이 무척 밝았다.

최수영에게 작게 고개를 숙여 인사를 한 김호철이 오민수를 향해 고개를 돌렸다.

"몸은 괜찮으세요?"

"타지기는 해도 지구 음식들을 먹으니 많이 좋아졌네. 그런데 자네들은 괜찮나? 우리 능력자들은 아직도 많이 골골거리는데."

"저희는 그곳에 오래 있지 않았으니 그리 영향을 받지 않았습니다."

"그거 다행이군."

고개를 끄덕인 오민수가 최수영의 작은 헛기침에 살짝 고개를 숙이고는 뒤로 물러났다.

오민수가 물러나자 최수영이 김호철을 바라보았다.

"그래, 무슨 일로 오셨나."

최수영의 목소리는 조금 쌀쌀맞았다. 그도 그럴 것이 중요한 연구 자료를 다른 나라들과 나누게 된 것은 김호철과 그 동료의 영향이 컸으니 말이다.

그런 최수영을 보며 김호철이 말했다.

"혹시 저희 때문에 한국에서 질책을 받았다면 지금 사과드리겠습니다. 죄송합니다."

김호철의 말에 그를 보던 최수영이 고개를 저었다.

"그래, 무슨 일로 나를 찾아온 건가?"

여전히 딱딱한 최수영을 보며 김호철은 빨리 본론만 말하고 가야겠다는 생각을 했다.

"저와 제 동료들은 오늘 한국으로 돌아가려 합니다."

"오늘?"

"그렇습니다. 동료들이 준비되는 대로 바로 출발을 할 것입니다."

김호철의 말에 최수영이 고개를 저었다.

"아직 오민수 준장과 그 부하들은 아직 회복이 안 되어서 수송기를 타지 못하네."

아르카디안에서 돌아온 후 오민수는 그 공을 인정받아 준장으로 1계급 특진을 했다.

"비행기는 필요 없습니다. 그냥 알아서 갈 것이니 그렇게만 알아두셨으면 좋겠습니다."

김호철의 말에 최수영이 눈을 찡그렸다.

"지금…… 통보를 하러 온 건가?"

"저희가 억류된 것입니까?"

"그건 아니지만, 한국으로 가려면 우리 쪽 도움이⋯⋯."

최수영의 귀에 오민수가 작게 속삭였다.

"김호철 군은 와이번을 부릴 수 있습니다. 비행기가 아니더라도 와이번을 타고 한국으로 갈 수 있습니다."

오민수의 속삭임에 최수영이 김호철을 보다가 말했다.

"아무리 와이번을 타고 간다 해도 타국의 영공을 함부로⋯⋯."

"비행기도 아니고 와이번이 넘어가는 겁니다. 별일 없을 겁니다. 그리고 별일 생기면 제가 그 나라에 가서 해결하겠습니다."

"자네가 어떻게?"

"그건 그때 생각해 보겠습니다."

"그럼 가겠습니다."

"이보게!"

뒤에서 최수영의 목소리가 들렸지만 김호철은 고개를 돌리지 않았다.

7장
마교

대사관 마당에는 일행들이 모여 있었다.

그리고 그들이 간다는 이야기를 들었는지 아르카디안에서 같이 온 한국인들이 배웅을 위해 나와 있었다.

김호철이 나오자 한국인들이 고개를 숙였다.

"돌아오게 해주셔서 정말 감사합니다!"

"정말 감사합니다!"

사람들의 고함과 같은 인사에 김호철이 당황스러운 얼굴로 그들을 보다가 급히 말했다.

"이러지 마십시오. 정말 당연히 해야 할 일을 했을 뿐입니다."

"아닙니다! 김호철 씨와 여러분이 아니었다면 저희는 그곳에서 죽었을 것입니다. 여러분이 있어…… 다시 지구에 왔고 가족들을 만날 수 있게 되었습니다! 정말! 감사합니다."

고개를 깊숙이 숙인 채 큰 소리로 외치는 사람들의 모습에 김호철이 작게 고개를 끄덕였다.

"한국에 오시면 인천 부평 공원에 있는 수정 카페에 한번 찾아오십시오."

"수정 카페?"

"저희 사무소입니다. 오셔서 매상 좀 올려주시면 그것으로 감사를 대신 받겠습니다."

"알겠습니다! 반드시 꼭 한국에 가면……."

한국이라는 말에 소리를 지르던 이가 잠시 입을 다물었다. 한국이라는 말을 하자 순간 울컥한 것이다.

그 사람을 보던 김호철이 그 어깨를 잠시 잡았다가 떼며 말했다.

"한국에서 모두 웃는 얼굴로 봅시다."

"알겠습니다!"

자신을 향해 여전히 고개를 숙이고 있는 군인들을 지나친 김호철이 일행들에게 다가갔다.

"다 준비했어요?"

"뭐 준비라고 할 것이 있나. 대부분 짐은 네 벨트 안에 들어 있는데."

작은 가방 하나씩만 메고 있는 일행들을 보며 고개를 끄덕인 김호철이 손을 들었다.

파지직!

김호철의 손에서 뿜어진 뇌전이 하늘로 솟구치며 와이번을 만들었다.

마당이 널찍해서 와이번을 바로 소환하면 될 것 같았지만 나와 있는 사람들이 워낙 많아 깔릴 수 있다 생각을 한 것이다.

"그럼 갑시다."

말과 함께 김호철 주위에 가고일 세 마리가 모습을 드러냈다.

파지직!

김호철이 등 뒤로 뇌전의 날개를 뿜어냈다.

"각자 짝 지어서 가고일에게 매달리세요."

그러고는 김호철이 고윤희와 마리아의 곁에 다가갔다.

"가죠."

말과 함께 김호철이 두 미녀의 허리를 안아 들자 고윤희가 혀를 찼다.

"어머! 호철이 응큼해."

고윤희의 말에 김호철이 웃었다.

"이럴 때 사심 좀 채우자. 소장님, 괜찮죠?"

김호철의 말에 마리아가 살짝 붉어진 얼굴로 고개를 끄덕였다.

"네."

두 여인의 허락에 김호철이 가볍게 땅을 박찼다.

그와 함께 김호철의 손에 뭉클한 두 여인의 살의 감각이 강하게 느껴졌다.

'이 정도 사심 채우는 것은 죄가 안 될 거야.'

기분 좋게 안겨오는 두 여인의 몸을 느끼며 김호철이 흐뭇한 미소를 지을 때 고윤희가 그의 뒤통수를 후려쳤다.

팍!

"아얏!"

김호철이 신음과 함께 그녀를 보자 고윤희가 눈을 찡그렸다.

"안고만 있으라고 했지 누가 손 쪼물거리래?"

고윤희의 말에 김호철이 급히 말했다.

"누가 손을 쪼물거렸다고."

"지금도 쪼물거리는구만. 맞을래!"

손을 번쩍 치켜드는 고윤희의 모습에 김호철이 입맛을 다셨다.

"그…… 게 떨어질까 봐 잘 잡느라 그런 거지."

"그냥 잡고만 있어라. 손가락 움직이지 말고."

고윤희의 말에 김호철이 그녀를 보다가 마리아를 향해 고개를 돌렸다.

"소장님, 오해하지 마세요. 진짜 떨어질까 봐 잡고 있던 것뿐이에요."

김호철의 말에 마리아가 웃으며 고개를 끄덕였다.

그런 마리아를 보며 김호철이 뇌전의 날개를 펄럭이며 빠르게 와이번 위로 올라갔다.

와이번의 몸에 흐르는 뇌전을 잠재운 김호철이 그 위에 마리아와 고윤희를 내려놓았다.

그 뒤를 이어 와이번 위에 내려서는 일행들을 보며 김호철이 정민을 바라보았다.

"한국 방향은 알아?"

"이미 확인했죠. 동쪽으로 쭈욱 가면 돼요."

"동쪽."

동쪽이라는 말에 김호철이 와이번을 움직였다.

펄럭! 펄럭!

고도를 빠르게 높이는 와이번 위에서 정민이 말했다.

"주의해야 할 것은 중국이에요."

"중국?"

"중국을 관통해서 가야 하니까."

정민의 말에 김호철이 마리아를 바라보았다.

"도 국장님이 중국 SG 국장과 친분이 두터운 것 같으니 그쪽에 부탁 좀 하죠. 와이번 타고 우리가 한국으로 가고 있다고."

김호철의 말에 마리아가 핸드폰을 꺼내 도원군에게 전화를 걸었다.

그런 마리아를 보던 정민이 김호철을 바라보았다.

"제가 지도 보면서 알려드리겠지만 혹시라도 북한 쪽으로 접근하면 안 돼요."

동쪽으로 가다 보면 실수로 북한에 가버릴 수도 있는 것이다.

정민의 주의에 고개를 끄덕인 김호철이 동쪽으로 와이번을 몰아가기 시작했다.

"가자, 한국으로!"

김호철의 말에 와이번이 날개를 펄럭이며 빠르게 동쪽으로 날아가기 시작했다.

카인은 굳은 얼굴로 모니터를 보고 있었다. 모니터에서 나오는 동영상에는 한 남자가 이야기를 하고 있었다. 동영상에 나오는 남자는 김호철이 만났던 오리진이었다.

오리진이 하는 이야기를 잠시 듣고 있던 카인이 한숨을 쉬며 스페이스 바를 눌렀다.

달칵!

동영상이 멈추는 것에 카인이 슬쩍 앞을 바라보았다. 그 앞에는 영업 상무가 서 있었다.

"이게 언제 왔다고?"

"이틀 전입니다."

"이틀이라……."

잠시 있던 카인이 입맛을 다셨다.

"왜 동영상 확인 안 했나?"

"사장님께 직통으로 온 것이라……."

기밀이란 딱지가 붙은 USB, 그것도 카인 앞으로 온 것을 함부로 확인할 수 없었던 것이다.

"하긴…… 나가보게."

심기가 불편해 보이는 카인의 말에 영업 상무가 공손히 고개를 숙이고는 사장실을 나섰다.

카인이 한숨을 쉬며 자신의 이마를 손으로 짚었다.

'주의를 더 주었어야 했는데…….'

김호철과 일행들이 아르카디안으로 빨려갔다는 것을 문자로 확인한 카인은 즉시 구조대를 파견했다. 마물의 산맥을 지키는 강철의 군대에서 트루실의 기사들을 보낸 것이다.

김호철이 갖고 있는 아공간 허리띠에는 위치 추적 마법이 숨겨져 있었다.

그것으로 위치를 추적하고 마물의 산맥 곳곳에 설치되어 있는 순간이동 마법진을 이용해 구조해 오라는 명령을 내린 것이다.

그런데…… 일이 틀어져 버린 것이다.

그 모습을 소파에 앉아 보던 자비스가 입을 열었다.

"타이란 백작이라……. 강철의 기사라 불리던 이가 너무 허무하게 죽었군."

자비스의 말에 카인이 한숨을 쉬었다.

"오 년……. 강철의 군대에서 오 년만 더 버티면 나를 뛰어넘을 인재였는데."

대륙의 오지라 할 수 있는 마물의 산맥.

그곳을 지키는 것은 아르카디안 모든 나라의 공통된 임무다.

하지만 언제 어디서 몬스터가 나타날지 알 수 없고, 워낙 오지라 사람이 살기도 힘들다. 귀족으로 살아온 이들에게 마물의 산맥은 자신들이 살아온 편안함을 다 포기해야 하는 것이다.

그러나 한편으로는 기회의 땅이기도 하다.

마물의 산맥에는 많은 게이트가 열린다. 때문에 그곳은 다른 지역보다 마나의 농도가 더 짙다. 그 덕에 마물의 산맥은 기사와 마법사에게는 많은 마나를 흡수할 수 있고, 또한 수많은 실전 경험을 쌓아 보다 강해질 수 있는 곳이었다.

그렇기에 많은 국가에서 자질이 있는 기사들과 마법사들을 강철의 군대에 보낸다.

그리고 그중 카인의 트루실 왕국에서 가장 기대하던 기사가 바로 김호철에게 죽은 아우디, 타이란 백작이었다. 그는 평민으로 태어나 검에 대한 자질 하나만으로 백작에 오른 검의 천재였다.

"멍청한 놈……. 구조하라고 보냈더니 왜 싸움을 걸어……."

한숨을 쉬며 고개를 젓는 카인을 보며 자비스가 입을 열었다.

"타이란 백작으로서는 어쩔 수 없었겠지. 그 김호철이란 자가 동료들 외에도 수십의 군인과 있었다 하지 않던가. 아르카디안에서 오랜 시간을 지낸 이들을 지구로 보내도 되는지에 대한 우려가 있었겠지."

"하아."

알고 있다. 그리고 그에 대한 우려도 있다.

아르카디아에 도착한 지구인들…… 그것도 능력자들이 어떻게 되는지 카인도 아는 것이다.

'죽이고 마나석을 뽑아낸다.'

물론 모든 아르카디안인이 그러는 것은 아니다. 대외적으로는 지구인들을 보호하라는 인식이다.

하지만 마나석은 지구든 아르카디안이든 모두 고가의 물건이다.

그렇기에 강철의 군대 일부가 마물의 산맥 순찰 중에 만나는 지구인을 죽이고 마나석을 뽑아 가는 것이다.

"그런데 그 김호철이란 자가 생각보다 더 강하군. 타이란 백작이라면 소드마스터에 근접했다 알려진 사람인데 그가 죽다니."

"근접이지 소드마스터는 아닐세."

카인의 말에 고개를 끄덕인 자비스가 말했다.

"그래서 어떻게 할 생각인가?"

자비스의 물음에 카인이 잠시 생각을 하다가 입을 열었다.

"어쩔 수 없는 일……. 다행이라면 김호철이 이번 일에 내가 개입돼 있다는 것을 모르는 것이겠지."

"복수는 안 하나? 타이란 백작은 자네에게도 몇 번 검을 배운 것으로 아는데."

"제자의 복수라……. 지금은 우리 트루실과 한국의 동맹이 더 중요하네."

카인이 자비스를 바라보았다.

"트루실과 한국의 동맹 건은……."

"친구로서 들은 이야기네. 루펜 왕국 궁정 마법사로서 들은 것이 아니지."

루펜 왕국에는 이야기를 하지 않겠다는 자비스의 말에 카인이 고개를 끄덕였다.

"고맙네."

"나야말로 고맙지. 자네 덕에 한국에서 TNT 가져간 놈들의 꼬리를 잡았으니까."

자비스의 말에 카인이 작게 한숨을 쉬었다. 이 며칠 자비스와 함께 TNT의 행방을 좇았다. 그리고 운이 좋게도 TNT를 빼내 주겠다는 브로커를 만나 그에 대한 정보를 얻었다. 물론 그 운에는 자비스의 현혹 마법이 첨가되어 있기는 했지만 말이다.

"그나저나 한국군도 참 부패했군."

"후! 돈에 안 넘어가는 사람이 있겠나."

"창고에 쌓여 있는 나무토막들 보지 않았나. 그 정도 폭약이 밀반입되었는데도 아무도 알지 못하다니……."

자비스의 말에 카인이 웃었다.

"그래도 앞쪽에는 폭약이 그대로 있더구만."

"후…… 뒤가 문제지."

카인과 자비스는 몰래 한국 부대의 폭약 창고에 가 보았다.

터질 것을 염려해 분산 배치돼 있는 폭약 창고들…….

그 안에는 많은 상자가 있었다. 하지만 들어 있는 것은 TNT와 비슷한 모양으로 만들어진 모형이었다. 꺼내 터뜨려 보거나 만지작거리지 않으면 모를 만큼 비슷한 모형이 말이다.

"한국 군인들은 폭파 훈련에서도 나무토막 가지고 훈련을 하니……. 실제 전쟁이 나기 전에는 폭약이 사라진 줄도 모르겠지. 그리고 사라진 것을 알았을 때는 감추기 바쁠 걸세."

"감춰?"

"감춰야지. 폭약이 언제 없어진 줄도 모르는 데다가 잘못하면 발견한 사람이 책임을 지게 될지도 모르는데."

황당한 한국 군대를 생각하자 조금은 울적함이 풀린 카인이 자비스를 바라보았다.

"그럼 이제 자네는 어떻게 할 건가?"

"독일이 이 일에 연관이 돼 있으니 거기로 가 봐야지."

"독일이라……."

한국군에서 유출된 TNT가 흘러간 곳은 바로 독일이었다.

펄럭! 펄럭!

날개를 빠르게 펄럭이는 와이번 위에서 김호철이 옆을 바라보았다.

와이번의 양옆으로 전투 헬기 두 대가 같이 날고 있었다. 앞에 달려 있는 총신을 와이번을 향해 고정하고 날고 있는 헬기를 보며 김호철이 입맛을 다셨다.

"이거 상당히 불편하네."

공격을 하지는 않지만 총구를 겨누고 있는 두 대의 헬기가 양옆으로 날고 있으니 심적으로 불편한 것이다.

김호철의 중얼거림에 박천수가 와이번 등에 편안히 누워 있다가 말했다.

"중국 쪽에서도 어느 정도 대비는 해야 하니까."

"저희가 중국 땅을 공격할 것도 아닌데……."

"그래도 중국 입장에서는 아니지. 그냥 신경 꺼."

지금 와이번 옆에서 날고 있는 전투 헬기는 중국 공군이었다. 도원군에게 연락을 받은 강진이 와이번이 중국 영공에 들어서자 전투 헬기를 배치한 것이다. 물론 호위를 위함이라는 이야기와 함께……. 하지만 누가 봐도 감시라는 것이 명확하게 느껴지는 상황이었다.

잠시 전투 헬기를 보던 김호철이 앞을 바라보았다. 광활하게 펼쳐져 있는 사막이 보였다.

"중국이 넓기는 진짜 넓군요."

김호철의 말에 박천수가 웃었다.

"우리나라 수십 배 크기의 땅덩이인데 작을 리가 있나."

이야기를 나눌 때 전투 헬기가 그들의 위로 상승을 했다.

그러고는 곧 전투 헬기에서 줄에 매달린 뭔가가 내려왔다.

스르륵! 스르륵!

바람에 이리저리 휘날리며 내려오는 뭔가를 본 김호철이 와이번 등을 박찼다.

파지직! 파지직!

동시에 뇌전의 날개를 펼친 김호철이 줄에 매달린 것을 잡았다.

"무전기?"

줄에 매달린 것은 무전기였다. 무전기를 받은 김호철이 줄을 풀고서는 와이번 위에 내려섰다.

ㅡ들립니까?

무전기에서 들리는 한국말에 김호철이 버튼을 눌렀다.

"잘 들립니다."

ㅡ강진 국장님을 바꿔드리겠습니다.

그리고 잠시 후 무전기에서 강진의 목소리가 들렸다.

ㅡ지금 위치에서 남쪽으로 꺾으면 커다란 산 하나가 보일 것이다. 그곳에서 신호가 보이는 곳으로 내려와.

그것으로 무전이 끊기는 것을 본 김호철이 일행들을 바라보았다.

"오라는데요?"

그렇지 않아도 강진이라는 이름이 나올 때부터 흥분을 하고 있던 고윤희가 버럭 소리를 질렀다.

"마황 강진! 가야지! 만나야지!"

그런 고윤희의 모습에 김호철이 마리아를 바라보았다.

"어떻게 할까요?"

"중국을 넘어가려면 강 국장님의 도움이 필요하니 일단 그 말대로 하는 것이 좋겠어요."

"맞아! 강진을 만나야 해!"

옆에서 끼어드는 고윤희를 힐끗 본 김호철이 고개를 끄덕였다.

"남쪽으로 가자."

김호철의 말에 와이번이 부드럽게 선회를 하며 남쪽으로 방향을 꺾었다.

그렇게 얼마를 날았을까. 곧 커다란 산맥이 보이기 시작했다. 그 산맥을 보던 고윤희가 입술을 깨물었다.

"설마 십만대산……."

"십만대산?"

"마교의 본거지라 알려진 곳이야. 무협 소설 봤으면 들어 봤을 것 아냐?"

"여기가 그 십만대산?"

김호철이 호기심 어린 눈으로 산을 보고 있자 고윤희가 고개를 저었다.

"십만대산일지 아닐지는 나도 몰라. 하지만 강진은 마교의 교주, 그가 오라는 곳이고 여기가 티베트 자치구니 십만대산일지도 모르겠다는 생각이 들 뿐이야."

"십만대산은 무협적 이름이고 진짜 이름은 뭔데요? 이름을 알면 여기가 십만대산인지 아닌지 알 수 있을 텐데."

정민이 핸드폰을 들어 보이며 하는 말에 마리아가 고개를 저었다.

"십만대산은 그냥 십만대산이야. 아니, 정확하게는 마교 사람들이 모여 있는 곳이 십만대산이야. 중국 북경에 마교 사람들이 모여 있고, 거기에 강진이 있으면 그곳도 십만대산이라고 부를 수 있어."

"십만대산은 위치가 아니라 사람이 모이는 장소라는 거군요."

"그렇지."

이야기를 나눌 때 산맥 한쪽에서 폭죽이 하늘로 솟구치며 터졌다.

펑!

오색의 빛을 뿌리며 사라지는 불꽃을 보며 김호철이 폭죽이 터진 곳으로 와이번을 움직였다.

와이번이 날아간 곳은 한 절벽이었는데, 절벽 중간에 기묘한 모습의 건물이 세워져 있었다.

"우와! 저걸 어떻게 지었데."

절벽 중간쯤에 5층 정도로 보이는 건물이 지어져 있었는데 어떻게 지었는지 불가사의할 정도의 모양이었다.

현대 건축 기술로도 못 지을 것 같은 건물을 보고 있을 때 건물 한쪽에 강진이 모습을 드러냈다.

"어서 들어오지 않고 뭐하느냐."

낮게 말을 하는 것 같은데도 김호철과 사람들의 귀에는 그 소리가 또렷이 들려왔다. 바람이 엄청나게 불어오는데도 말이다.

"엄청난 내공이다."

고윤희의 중얼거림에 김호철이 그녀를 바라보았다.

"그래?"

"이 바람 속에서 이렇게 또렷하게 들린다는 것 자체가 대단한 거야. 어서 가자."

고윤희의 말에 김호철이 가고일을 소환했다.

가고일이 일행들을, 김호철이 고윤희와 마리아를 안아 들고는 건물 안으로 들어갔다.

건물에 들어선 김호철이 그녀들을 내려놓자 고윤희가 강진을 향해 포권을 하며 고개를 숙였다.

"무당의 속가제자 고윤희가 강진 대협을 뵙습니다."

공손하게 인사를 하는 고윤희의 모습에 강진이 그녀를 힐 끗 보고는 고개를 끄덕였다.

"여자 속가라면 이진 여협의 제자겠군."

자신의 스승을 아는 것에 고윤희의 얼굴에 미소가 어렸다. 어쩐지 인정을 받은 것 같았다.

"스승님이십니다."

"이진 여협의 검 끝은 상당히 매섭지."

고개를 끄덕인 강진이 김호철을 향해 고개를 돌렸다.

"아르카디안에서 고생했다는 이야기를 들었다."

"저희 쪽 사람을 구하러 갔던 일입니다. 그런데 저희를 부 르신 이유가…… 혹시 아르카디안 자료들 때문입니까?"

김호철의 말에 강진이 그를 보다가 고개를 끄덕였다. 그에 김호철이 고개를 저었다.

"죄송하지만 아르카디안 자료는 저희에게 없습니다. 그 자료를 얻고 싶다면 저희가 아니라 도 국장님이나 한국 정부 의 협조를 얻으셔야 할 것입니다."

김호철의 답에 강진이 고개를 저었다.

"그에 관한 것은 이미 도 국장에게 부탁을 해놓았다. 내가 알고 싶은 것은 너희들의 생각과 경험이다."

강진의 말에 김호철이 잠시 그를 볼 때 건물 한쪽의 문이 열리며 일단의 사람이 들어왔다. 사람들의 손에는 음식이 한 가득 담겨진 그릇이 들려 있었다.

"일단 먼 길 오느라 힘들었을 터이니 식사하면서 이야기를 나누도록 하지."

말과 함께 강진이 손짓을 하자 사람들이 원탁에 음식들을 하나둘씩 놓기 시작했다.

강진이 먼저 자리에 앉자 김호철과 일행들이 그 주위에 앉기 시작했다.

자리에 앉은 사람들에게 강진이 차를 한 잔씩 따라주며 말했다.

"어떻던가?"

강진의 물음에 김호철이 그를 보다가 입을 열었다.

"비밀이 될 수도 없는 일이니 말씀 드리겠습니다. 일단 아르카디안은 지구와 다르게 고농도의 마나가 있습니다. 마치 지구에서 게이트가 열릴 때와 비슷한 농도의 마나가 있다 생각을 하시면 됩니다."

"엄청나군."

"하지만 아르카디안에 있다가 지구로 오면 그 마나의 농도 차로 심한 후유증이 생깁니다."

"고산병과 비슷한 증상을 보인다 들었다."

강진의 말에 김호철이 의아한 듯 그를 바라보았다.

"그것을 어떻게?"

김호철의 물음에 강진이 말했다.

"우즈베키스탄에도 중국 대사관은 있다. 다만…… 너희들이 데리고 온 사람들 중에 중국 사람이 없어 우리 쪽 대사관이 정보를 늦게 얻을 뿐……. 이미 그쪽의 정보들은 우리들에게도 들어오고 있다."

"그렇군요."

"사신이라는 자들에 대해 말을 해보거라."

강진의 말에 김호철은 살짝 놀랐다.

'중국의 정보력이 정말 대단하구나. 사신에 대해서도 알고 있다니.'

김호철이 놀란 눈으로 강진을 보고 있을 때 정민이 입을 열었다.

"사신에 대해 알고 있다면 그들에 대한 정보를 이미 얻으신 것으로 생각되는데요."

정민의 말에 강진이 힐끗 그를 바라보았다.

"직접 싸운 것은 자네들뿐이더군. 그 이야기를 듣고 싶다."

강진의 말에 고윤희가 입을 열었다.

"제가 설명을 하겠습니다."

고윤희의 말에 강진이 그녀를 바라보았다.

"자네가 설명할 수 있겠나?"

"적의 대장과 싸우지는 않았지만 저 역시 그 자리에 있었고 적과 손을 섞었습니다."

고윤희의 말에 강진이 고개를 끄덕였다.

"그럼 부탁하지."

강진의 말에 고윤희가 입을 열었다.

"사신이라 불린 자들은 오십 정도의 인원이었습니다. 제가 싸워본 자는 일류 고수 수준이었지만 다른 이들의 수준은 편차가 좀 있는 듯했습니다."

"오십이나 되는 자가 적어도 일류 수준은 된다는 말이군."

"그리 생각됩니다."

생각에 잠겨 있는 강진을 보던 고윤희가 말을 이었다.

"그리고 그중 대장으로 보이는 자는…… 검강으로 추정되는 힘을 사용하였습니다."

"검강?"

"검강을 본 적은 없으나 그의 검에서 뿜어진 힘과 모습은 소문으로 들은 검강과 비슷하였습니다."

"무당파에 검강을 사용할 수 있는 고수가 있을 텐데 본 적이 없나?"

"장문인과 무당제일검 청문 사백께서 사용하실 수 있을 거라 생각되오나 제자들 눈요기를 위해 검강을 펼치시지는 않습니다.”

고윤희의 말에 강진이 슬쩍 손을 들었다.

챙!

그러자 한쪽 벽에 걸려 있던 검 중 하나가 스스로 검집에서 튀어나오더니 그 손으로 빨려 들어왔다.

타앗!

가볍게 검을 손에 쥔 강진이 검을 들었다.

화아악!

순간 강진의 검에서 눈부신 빛이 솟구치며 검날을 덮기 시작했다.

“이런 느낌이더냐?”

강진의 말에 고윤희가 침을 삼켰다.

“이것이 검강?”

“맞다.”

고윤희는 홀린 듯한 눈으로 검강을 바라보았다. 무림계의 절대 경지를 일컫는 검강이 지금 눈앞에 있는 것이다.

“검강이라…….”

강진이 검강을 보며 속으로 중얼거릴 때 고윤희가 정신을 차리고는 말했다.

“그자의 검강은 검신의 세 배 정도로 길어졌다가 줄어들었습니다.”

"줄어들었다? 내공이 줄어서 줄어든 것으로 보이더냐?"

"아닙니다. 검강이 커졌다가 줄어들었지만 오히려 그 힘이 응축된 느낌이었습니다."

고윤희의 말에 강진이 잠시 검을 쥐고 있다가 몸을 일으켰다. 그러고는 뒤로 물러나더니 검을 쥔 손에 힘을 주며 자세를 취했다.

"천마강림."

작은 중얼거림과 함께 강진의 검강이 순간 불타오르듯 솟구쳤다. 그 모습에 고윤희의 얼굴에 경악이 어렸다.

"강기성화(罡氣成火)!"

강기를 이루면 절정 고수라 칭한다. 그 위로 더 오를 경지가 없다는 절정 고수……

그 위에도 몇 단계 경지가 더 존재한다. 하지만 전설로만 내려올 뿐 그 누구도 이루지 못했다는 경지……

지금 강진의 손에서 뿜어진 강기의 불꽃의 절정의 위 단계로 칭해지는 강기성화의 경지다. 강기를 이루다 못해 그 힘이 넘쳐 불꽃처럼 타오르는 경지.

'과연 천하제일고수라 칭해질 만하구나.'

고윤희가 감탄 어린 눈으로 그를 볼 때, 강진의 검에 어려 있던 강기가 천천히 줄어들기 시작했다.

화르륵!

하지만 여전히 불타오르는 검강, 어쨌든 검신을 감쌀 정도로 검강을 두른 강진이 고윤희를 바라보았다.

"이런 느낌이더냐?"

강진의 말에 고윤희는 멍하니 강기성화를 바라보았다. 지금 그녀는 말을 할 수 없었다. 강진의 검에서 느껴지는 패도적인 힘에 몸이 굳어져 입을 열 수가 없었던 것이다. 그저…… 몸을 부들부들 떨어대는 것 말고는 고윤희가 할 수 있는 건 없었다.

그런 고윤희의 모습에 김호철이 몸을 일으켜 그녀의 앞에 섰다.

탓!

그리고 김호철이 손을 들었다.

화아악!

그러자 고윤희의 앞으로 마나가 고정이 되기 시작했다. 그것도 단순히 하나의 점이 아닌 방패처럼 그녀의 몸을 막는 마나 고정이 말이다.

"하아."

자신이 만들어 놓은 마나의 방패에 그제야 한숨을 길게 내쉬는 고윤희를 힐끗 본 김호철이 강진을 바라보았다.

"강기성화는 아니었습니다."

"그래?"

김호철의 말에 잠시 생각을 하던 강진이 검을 휙 던졌다.

화아악!

강기성화가 흩어지는 것과 함께 검이 원래 있던 검집으로 날아가 꽂혔다.

"우리 중원 무학과는 조금 생리가 다른 모양이군."

중원 무학이 어떤지 알지 못하는 김호철은 그저 고개를 끄덕이고는 고윤희를 돌아보았다.

"괜찮아?"

김호철의 말에 고윤희가 작게 고개를 끄덕였다.

다른 사람들과 달리 무공을 익혀 마나와는 다른 기에 익숙한 고윤희다 보니 강진의 천마강림에 담긴 패도지력에 충격을 받은 것이다.

그런 고윤희를 보던 김호철이 힐끗 강진을 바라보았다. 강진은 잠시 그 자리에 서서 생각에 잠겨 있었다.

'윤희가 천하제일 고수라고 하더니……. 대단하네. 그저 본 것만으로 윤희가 이렇게 충격을 받다니.'

강진을 보던 김호철이 입을 열었다.

"대장으로 보이는 자, 강했습니다."

"자네가 죽였나?"

"그렇습니다."

김호철의 말에 그럴 것이라 생각을 했다는 듯 고개를 끄덕인 강진이 그를 바라보았다.

"나와 한번 겨룰 수 있겠나?"

강진의 말에 김호철이 고개를 저었다.

"제 기술은 모두 마나를 엄청나게 소모합니다. 그리고 위력을 조절하지 못해서 여기서 사용하면 이 절벽이 무너져 버릴 겁니다."

"절벽이 무너질 정도의 기술이란 말인가?"

"저를 중심으로 100m 이내가 초토화되더군요."

물론…… 아니, 아마도 지구에서는 아르카디안에서 사용한 것처럼 강한 대륙 부수기를 펼치지는 못할 것이다.

아마 카인과 싸웠을 때 펼친 것에서 조금 더 강해진 수준일 것이다. 아르카디안에서 흡수한 마나로 마나량이 더 커졌으니 말이다. 거기에 몸 안에 있는 마나석의 마나를 뽑아내면 위력은 더 커질 수도 있다. 하지만 마나석은 최후의 방법. 어지간해서는 쓰지 않을 것이다.

김호철은 그에 대해서는 말을 하지 않았다. 강진이 자신을 강하다고 생각할수록 그가 이상한 수작을 부리지 못할 것이고 자신들을 존중할 것이니 말이다.

김호철의 말에 강진의 얼굴에 놀람이 어렸다.

"초토화? 범위가 그리 크다는 말인가?"

"범위가 그 정도가 아니라 말 그대로 초토화입니다."

김호철의 답에 강진이 생각에 잠겼다. 그런 강진을 보던 김호철이 고윤희를 힐끗 보고는 입맛을 다셨다.

"하지만…… 저와 겨룰 수 있는 방법이 있습니다."

"자네 말대로 범위가 그렇게 큰 공격을 한다면 자네와 싸우는 것은 무리네."

"저와 싸우지 않으셔도 됩니다."

말과 함께 김호철이 정신을 집중했다.

화아악! 철컥! 철컥!

어두운 빛과 함께 김호철의 몸에 데스 나이트가 합체를 하기 시작했다.

빠르게 데스 나이트의 갑옷을 두른 김호철이 속으로 중얼거렸다.

'마나 빨아들여.'

김호철의 말에 칼이 그의 마나를 빨아들이기 시작했다. 빠르게 빨려가는 마나에 김호철이 눈을 찡그렸다.

'아르카디안과는 느낌이 다르네.'

아르카디안에서는 마나를 마구 뽑아내도 빠르게 회복이 되었다. 하지만 지구에서는 그 속도가 한숨이 나올 정도로 느린 것이다. 어쩔 수 없는 일이다. 아르카디안과 지구의 마나 농도가 다르니 말이다.

빠르게 마나를 흡수하는 칼을 느끼던 김호철이 고개를 끄덕였다.

'거기까지.'

김호철의 말과 함께 마나를 흡수하던 칼이 그의 몸에서 떨어져 나왔다.

화아악! 화아악!

김호철의 마나를 가득 흡수한 칼의 몸에서는 이글이글 타오르는 듯한 검은 기운이 흐르고 있었다.

그런 칼을 보며 김호철이 강진을 바라보았다.

"이 녀석과 싸워보시지요."

"보통 데스 나이트와는 달라 보이지만…… 강한가?"

"무척 강합니다."

자신만만한 김호철을 보며 강진이 칼을 바라보았다. 강진의 시선에 칼의 눈빛이 더욱 스산해졌다. 칼도 강진이 강하다는 것을 본능적으로 느끼고 있는 것이다.

화아악!

해머를 뽑아내는 칼을 보며 김호철이 강진을 바라보았다.

"하시겠습니까?"

"좋지."

"그럼 한 가지 부탁이 있습니다."

"부탁?"

강진의 시선에 김호철이 힐끗 고윤희를 바라보았다.

"우리 윤희가 강 대협을 무척 존경합니다. 한 수 가르침을 주신다면 아주 감사할 것입니다."

김호철의 말에 고윤희가 놀란 눈으로 그를 바라보았다. 그에 김호철이 살짝 눈을 찡긋하고는 강진을 바라보았다.

"부탁드려도 되겠습니까?"

"흠…… 한 수 가르쳐 주는 것도 괜찮겠지."

쉽게 허락을 하는 강진의 말에 고윤희가 벌떡 일어나 포권을 했다.

"가르침, 감사히 받겠습니다."

"따라오거라."

강진이 몸을 돌리자 김호철이 칼을 바라보았다.

"윤희 따라갔다 오고, 윤희 말에 따라 행동해."

그러고는 김호철이 고윤희를 바라보았다.

"칼이 네 말을 들을 거야. 데리고 가서 강진 대협과 대전시켜."

"고마워."

고윤희가 김호철에게 훌쩍 뛰어 안기고는 그 뺨에 뽀뽀를 했다.

"아!"

부드러운 고윤희의 몸과 입술에 김호철이 순간 당혹스러움을 느낄 때, 그녀는 어느새 칼을 데리고 강진의 뒤를 쫓아

방을 나섰다.

타타탓!

마치 경공을 펼치는 것처럼 빠르게 사라지는 고윤희의 모습에 김호철이 입맛을 다셨다.

'할 거면…… 입에다 해주지.'

그런 생각을 할 때 그의 어깨를 박천수가 두들겼다.

툭툭!

박천수의 손짓에 고개를 돌린 김호철이 흠칫 놀라 뒤로 물러났다.

"뭐…… 뭡니까."

김호철의 말에 박천수가 음흉한 얼굴로 웃으며 그의 가슴을 두들겼다.

"흐흐흐! 이거 봐라. 이거, 이거, 이거……."

"뭐…… 뭐가요."

"십억 받으면 장가를 간다고 하더니……. 세상에, 그 상대가 윤희였어?"

박천수의 말에 김호철이 헛기침을 하고는 자리에 앉았다.

"쓸데없는 소리 하지 마세요."

"크크크! 하긴 윤희 누나가 예쁘기는 하죠."

옆에 있던 정민까지 웃으며 말하자 오현철이 고개를 끄덕였다.

"하긴 윤희가 예쁘기는 하지……. 하지만……."

오현철이 손으로 턱을 괴고는 심각한 얼굴로 말했다.

"다시 한번 생각해 봐라. 윤희 성격 어떻게 받고 살려고 하냐."

오현철의 말에 정민이 웃으며 말했다.

"그래도 예쁘잖아요. 이왕 할 결혼이면 예쁜 여자랑 하는 것이 좋죠."

사람들의 웃음에 김호철이 어색하게 웃으며 음식들을 먹기 시작했다.

"쓸데없는 소리 하지 말고 식사들이나 하세요. 배 안 고픕니까?"

김호철의 말에 박천수가 웃으며 그의 밥그릇 위에 고기를 올려주었다.

"그래, 많이 먹어야 밤에 힘을 쓰지. 많이 먹어라."

박천수의 말에 김호철이 그를 힐끗 봤다가 한숨을 쉬며 음식을 먹기 시작했다. 여기서 한마디 더 했다가는 계속 놀림을 받을 것이 뻔하니 그냥 입을 다물어버린 것이다.

일행들이 어느 정도 식사를 마치고 차를 마시고 있을 때 땅에서 검은 기운이 솟구쳤다.

화아악!

그리고 김호철의 몸으로 흡수되는 검은 기운……. 그와 함께 몸이 터질 듯한 마나를 느낀 김호철이 입맛을 다셨다.

'졌나 보네.'

김호철이 속으로 중얼거릴 때 박천수가 그를 바라보았다.

"칼이 죽었나 보네."

"죽었다기보다는 진 거죠."

"그게 그거지."

박천수의 말에 마리아가 차를 마시다가 말했다.

"강진, 역시 강하네요. 도 국장님도 호철 씨 데스 나이트를 죽이지 못했는데."

마리아의 말에 김호철이 고개를 저었다.

"도 국장님도 전력을 다한 것은 아니니……. 도 국장님이 강 대협보다 약하다고 할 수는 없죠."

"그건 그렇겠지만 그때보다 지금 호철 씨의 데스 나이트는 더 강해졌잖아요."

"그건…… 그렇죠."

고개를 끄덕이는 김호철을 보며 마리아가 일행들을 바라보았다.

"그럼 우리도 슬슬 출발할 준비를 하죠. 강 국장님 오면 바로 출발하게."

마리아의 말에 김호철이 고개를 끄덕이고는 동그란 그릇

에 남은 음식들을 담기 시작했다.

"싸 가게요?"

정민의 물음에 김호철이 음식들을 담으며 말했다.

"윤희는 바로 가서 음식도 못 먹었잖아."

"호오! 역시 마누라 생각하는 것은 남편밖에 없는 건가?"

박천수의 놀림에 김호철이 작게 한숨을 쉬었다. 하지만 음식들을 담는 것은 멈추지 않았다. 시간이 지나 음식이 식기는 했지만 김호철이나 마리아나 불을 다룰 수 있으니 따뜻하게 데우면 먹을 만할 것이다.

그때 문이 열리며 고윤희와 강진이 들어왔다. 안으로 들어온 강진이 김호철을 향해 다가갔다.

"한 가지만 묻지."

"말씀하십시오."

"자네가 상대했다는 자와 데스 나이트 둘 중 누가 더 강한가?"

"데스 나이트가 강합니다."

"그렇군."

잠시 생각을 하던 강진이 김호철에게 말했다.

"아르카디안에서 돌아올 때 몬스터를 몰아 게이트를 열었다지?"

"네."

"역시 그곳은 몬스터가 아주 많겠지?"

강진의 물음에 김호철이 그를 바라보았다.

"그것은 왜 물으시는지?"

"데리고 돌아와야 할 동료는 자네만 있는 것은 아니니까."

강진의 말에 김호철이 놀란 얼굴로 그를 보았다.

"설마 게이트를 넘어가실 생각이십니까? 그것도 직접?"

"우리 중국 사람들도 게이트를 많이 넘어갔다. 그들이 살아 있다면 데리고 와야지. 언제까지 그곳에서 살게 할 수는 없는 일 아니겠나."

"땅이 무척 넓습니다."

"넓다고 해봤자 우리 중국만 하지는 않겠지."

"몬스터도 많습니다."

"후! 그래 봤자 몬스터일 뿐……. 그리고 자네 말대로라면 그곳은 우리 무인들에게 최적의 수련 장소다. 위험은 있겠지만 살아서 돌아온다면 우리는 더욱 강해져 있을 것이다."

강진의 말에 그를 보던 김호철이 고개를 끄덕였다.

"그럼 가신 김에 저희 한국인들을 보면 그들도 부탁드리겠습니다."

김호철의 말에 강진이 고개를 끄덕였다.

"보이면 데리고 오지."

"감사합니다. 그럼 저희는 이만 가겠습니다."

"하루 쉬었다 가지 그러나?"

"한국에 이런 말이 있습니다. 아무리 좋은 곳이라도 내 집 만 한 곳은 없다."

"옳은 말이군. 그럼 가 보시게."

강진의 말에 김호철이 일행들을 데리고 와이번에 올라 탔다.

펄럭! 펄럭!

날개를 펄럭이며 하늘로 솟구치는 와이번의 등에서 김호 철이 고윤희를 바라보았다.

"뭐 좀 배웠어?"

김호철의 말에 고윤희가 미소를 지었다.

"배웠지."

"뭐?"

김호철의 물음에 고윤희가 손가락을 동그랗게 말았다.

"이거."

"돈?"

손가락을 마는 것에 김호철이 고개를 갸웃거리자 고윤 희가 피식 웃으며 고개를 저었다. 그러고는 와이번의 등에 드러누워서는 동그랗게 말린 손가락 사이로 하늘을 바라보 았다.

"원."

의미를 알 수 없는 말을 하는 고윤희를 보던 김호철이 입맛을 다시고는 와이번을 동쪽으로 몰기 시작했다.

펄럭! 펄럭!

빠르게 사라지는 와이번을 보던 강진이 입을 열었다.

"나와라."

강진의 말에 그의 그림자가 솟구쳤다.

스르륵!

마치 유령처럼 강진의 그림자에서 솟구친 것은 검은 무복을 입은 자였다.

"어떤 자로 보이더냐?"

강진의 물음에 흑의인이 입을 열었다.

"자료대로 자신의 사람들을 아끼는 자입니다."

"나도 그리 보았다."

"저희가 아르카디안으로 갔을 때 필요한 자입니다."

흑의인의 말에 잠시 생각을 하던 강진이 핸드폰을 꺼내 들었다.

"도 국장, 나네. 부탁할 것이 있네."

8장
행복 사무소 재건 공사

　김호철과 사무실 식구들은 행복 사무소가 있던 자리에 서 있었다.

　쿵! 쿵!

　사무소가 있던 자리에는 철근들이 박혀 있었고 그 주위를 공사 차량들이 다니며 작업을 하고 있었다.

　그 모습을 마리아와 직원들이 멍하니 보고 있었다. 이런 모습일 거라고 생각은 하고 있었지만 실제로 보고 있자니 느낌이 다른 것이다.

　"오빠!"

　커다란 철제 빔이 땅에 박히는 것을 보고 있던 김호철은 뒤에서 들리는 소리에 고개를 돌렸다.

"혜원아."

뒤에서는 혜원이 그를 향해 뛰어오고 있었다.

달려오는 혜원을 향해 미소를 지은 김호철이 손을 흔들자 그녀가 안도의 한숨을 쉬며 그를 위아래로 훑어보았다.

"어디 다친 곳은 없어?"

"나야 천하무적인데 어디를 다치겠어."

"휴! 걱정 많이 했는데 말하는 것 보니 멀쩡하네."

정말 걱정을 많이 한 듯 안도의 한숨을 쉰 혜원이 사무소 식구들을 바라보았다.

"소장님과 여러분도 무사해서 다행이에요."

혜원의 말에 마리아가 작게 고개를 끄덕였다.

"호철 씨 도움이 아니었으면 그곳에서 뼈를 묻을 뻔했어요."

"정말 이렇게 다 무사히 돌아오셔서 다행이에요."

혜원이 사람들과 이야기를 나누는 사이 김호철이 코지로를 향해 고개를 돌렸다.

"제가 없던 사이 별일 없었습니까?"

김호철의 물음에 코지로가 고개를 숙였다.

"이상 없었습니다. 그리고 이번 일을 벌였던 신의 아이를 잡았습니다."

코지로의 말에 김호철의 얼굴이 굳어졌다.

"잡았습니까? 그 새끼 어디 있습니까?"

"그게…… 자살을 했습니다."

"자살?"

"헤원 히메께서 조금 과하게 다루셔서……."

"헤원이가?"

무슨 말인가 싶어 바라보는 김호철을 보며 코지로가 힐끗 헤원을 보고는 살짝 속삭였다.

"헤원 히메께서 화가 나시면 좀 무섭습니다. 그래서……."

말끝을 흐렸지만 김호철은 그가 무슨 말을 하는지 알았다.

"능력을 사용했군요."

끄덕!

코지로가 작게 고개를 끄덕이자 김호철이 한숨을 쉬었다.

아마도 헤원의 고통이라는 능력을 버티지 못한 신의 아이가 자살을 한 모양이었다.

"그 능력 안 썼으면 좋겠는데……."

김호철의 말에 코지로가 고개를 끄덕였다.

"저 역시 그렇습니다."

코지로의 말에 그를 보던 김호철이 말했다.

"앞으로도 우리 헤원이 잘 부탁드립니다."

김호철의 말에 코지로가 고개를 작게 숙였다. 그런 코지로를 보던 김호철이 헤원을 향해 고개를 돌렸다. 해맑은 얼굴

로 사람들과 이야기를 나누고 있는 혜원과 사무소 직원들을
보던 김호철이 미소를 지었다.

'집에 돌아왔다.'

김호철과 그 일행들이 한국에 돌아오고 일주일이 지났다.
그동안 김호철과 행복 사무소 직원은 모두 혜원의 빌라에서
거주를 하고 있었다.

혜원의 빌라 1층에서는 식사가 한창이었다.

"크악! 역시 아줌마 육개장 실력은 최고라니까!"

박천수가 육개장을 먹으며 탄성을 지르자 반찬을 만들던
아주머니가 웃었다.

"박 팀장, 많이 먹어요. 고생하고 왔는데."

"하하하! 그럼요. 많이 먹겠습니다."

육개장을 맛있게 먹어대는 박천수의 모습에 김호철이 웃
었다.

"박 팀장님은 육개장이 그렇게 좋습니까?"

"얼큰하고 고기도 많고 얼마나 좋아. 술 먹을 때 안주로도
좋고 해장으로도 좋고."

웃으며 육개장을 맛있게 먹는 박천수를 보던 김호철이 수

저를 내려놓고는 자리에서 일어났다.

"저는 공사장에 갔다 오겠습니다."

김호철의 말에 박천수는 말없이 손을 까닥였다. 그런 박천수를 보며 김호철이 문을 나섰다.

그동안 김호철은 틈틈이 공사장에 가서 일을 도왔다. 전문적인 기술은 없지만 무거운 철제 빔과 같은 것을 들어서 올리는 것을 했다. 그리고 그것만으로도 공사 일정이 빠르게 줄어들었다. 크레인 같은 장비를 가져올 필요 없이 김호철이 들어서 올리면 되었으니 말이다.

공사장으로 향하며 김호철은 빵집에 들렀다. 오늘 일하는 분들과 먹을 새참을 사 가는 것이다.

양손에 빵 봉지를 들고 공사장에 도착한 김호철은 벌써부터 분주하게 일을 하는 인부들을 볼 수 있었다.

건물은 벌써 3층 높이로 뼈대가 올라가 있었고 지금은 외부 공사를 진행하고 있었다.

인부들과 인사를 나누던 김호철은 문득 자신을 향해 손을 흔들고 있는 한 남자를 볼 수 있었다. 금발의 잘생긴 미중년, 카인이었다.

"카인?"

김호철을 향해 손을 흔들던 카인이 웃으며 다가왔다.

"그동안 잘 지내셨습니까?"

카인의 말에 김호철이 눈을 찡그렸다.

"연락이 안 되더군요."

한국에 도착한 후 김호철은 카인과 연락을 하려 했었다. 사신에 관한 궁금증도 있었고 지구인들의 마나석을 뽑아내는 것에 대한 것도 알아보기 위해서 말이다. 하지만 계속 연락이 되지 않았었다. 그런데 뜬금없이 카인이 자신을 찾아온 것이다.

"그동안 여기에도 일이 좀 있어서 저도 좀 바빴습니다."

"전화 받을 시간도 없었습니까?"

"하하하! 그게…… 전화를 잘 안 가지고 다닙니다."

"안 가지고 다닐 거면 전화를 뭐하러 삽니까?"

김호철의 딱딱한 말에 카인이 웃으며 핸드폰을 꺼내 들었다.

"이 핸드폰 번호야 김호철 씨도 알고, 한국 정부도 알고 있습니다. 한국 정부도 바보가 아닌 이상 위치 추적도 하고 통화 목록이나 이것저것 조사할 텐데 늘 가지고 다닐 수는 없는 일 아니겠습니까. 그래서 평소에는 꺼놓거나 제 몸에서 떨어뜨려 놓습니다."

카인의 말에 잠시 그를 보던 김호철이 고개를 끄덕였다. 따지고 싶기는 했지만 이해가 되었다. 핸드폰 번호로 위치 추적과 통화 내용과 목록까지 정부에서 조사를 하려면 충분히 가능한 일이니 말이다.

"제가 아르카디안에 갔다 온 것은 아십니까?"

"문자 확인했습니다. 도와드렸어야 했는데……. 도와드리지 못해서 죄송합니다."

"도와줄 능력은 있었습니까?"

"너무 넓은 곳이라 찾는 것이 어렵기는 하겠지만 일단 구조대를 파견할 수는 있었겠지요."

카인의 말에 그를 보던 김호철이 말했다.

"사신이라는 놈들, 뭐 하는 자들입니까?"

"사신이라……."

잠시 김호철을 보던 카인이 고개를 끄덕였다.

"지구인들이 사신이라 부르는 것 같지만 사실은 군인들입니다."

"군인?"

"김호철 씨가 게이트를 통해 갔으니 아르카디안 마물의 산맥에서 나타나셨을 겁니다."

"마물의 산맥이라. 이름 잘 지었군요."

산맥의 이름에 마물이 들어갈 만큼 몬스터가 많기는 했으니 말이다.

"마물의 산맥의 크기가 어느 정도인지 저희도 알지 못합니다. 하지만 확실한 것은 마물의 산맥의 몬스터들이 대륙으로 들어오면 끔찍한 일이 일어날 것이라는 것입니다."

"그래서요?"

"그 마물의 산맥의 경계를 지키는 것이 바로 강철의 군대입니다. 아르키디안의 국가와 지역을 초월해 모인…… 지구로 따지면 UN 같은 거라고 보시면 되겠군요."

"그럼 사신이 그 강철의 군대라는 말입니까?"

"강철의 군대 전부가 사신은 아닙니다. 강철의 군대는 마물의 산맥에서 몬스터들이 대륙으로 들어오는 것을 막는 역할도 하지만, 마물의 산맥에 진입해 몬스터의 수를 줄이는 일도 합니다. 하지만 마물의 산맥이 워낙 넓다 보니 걸어서 이동할 수는 없습니다. 그래서 인간이 진입을 한 산맥의 일부에는 순간이동 포탈이 숨겨져 있습니다. 그 포탈을 이용해 산맥으로 들어간 강철의 군대 중 일부가 지구인들을 만나면 마나석을……."

뒷말을 흐리는 카인을 보며 김호철이 말했다.

"모두가 아니라 일부만 하는 짓이라는 겁니까?"

"전부가 하려고 해도 마물의 산맥에 강철의 군대에서 설치한 포탈은 아주 극히 일부에 불과합니다. 그리고 그 일부에 불과한 포탈 인근에 지구인이 있을 확률도 아주 작습니다."

아주 극히 일부에 불과한 것을 강조하는 카인이었지만, 그 말은 오히려 김호철에게 의심을 일으켰다.

'그 작은 확률의, 아주 극히 일부에 불과한 자들과 우리가 만났다는 말이지. 그것도 나에 대해 알고 있는……'

그 아주 작은 확률의 일이 자신에게 일어났다…….

'그럼…… 가능성은 둘인가. 진짜 카인의 말대로 우연히 사신과 만났거나, 아니면 카인이 보낸 구조대가 지구인들이 지구로 돌아가는 것을 막기 위해 척살대로 변했다거나.'

전에 카인은 아르카디안에서 한국인을 발견하면 보호해 주겠다 했었다.

보내줄 수는 없지만 보호는 해준다……. 아르카디안의 정보가 지구로 흘러가는 것은 안 된다는 의미였으니 말이다.

하지만 카인의 표정을 읽어봐도 그가 거짓을 말하는지 아닌지 판별할 수 없었다.

잠시 카인을 보던 김호철이 슬쩍 자신의 허리띠를 손가락으로 만졌다.

'그리고…… 만약 후자라면 이 벨트에 뭔가 수작을 해놓은 모양이군.'

카인의 말대로라면 마물의 산맥은 엄청 넓다. 그런데 정확하게 자신을 찾아왔다.

그 말은 카인이 준 아공간 벨트에 자신의 위치를 추적하는 마법이나 그런 것이 있다는 것이었다.

'위치 추적이라……. 하지만 효능이 좋으니 버릴 수도 없고.'

자신의 위치를 알리는 벨트……. 하지만 버리기에는 아공간이 너무 아깝고 좋은 것이다.

잠시 벨트를 만지던 김호철이 한숨을 쉬고는 카인을 바라보았다.

"지구인에게서 빼낸 마나석이 아르카디안에서 거래가 되는 겁니까?"

"마나석은…… 마나석입니다."

진심이 담긴 카인의 말에 김호철이 눈을 찡그렸다.

"사람의 몸에서 나온 것입니다. 몬스터의 것과는 다릅니다."

"그렇지요. 하지만 이미 나온 마나석이 아닙니까. 그리고 지구보다 더 마나석이 절실한 것이 아르카디안입니다."

카인의 말에 김호철이 그를 보다가 말했다. 카인의 말에 김호철이 입맛을 다셨다.

무슨 말인지 이해를 하기는 하지만…….

'짜증 나기는 마찬가지군.'

김호철이 카인을 보는 눈빛은 그리 좋지 않았다. 그것을 느낀 카인이 화제를 바꾸려는 듯 입을 열었다.

"아르카디안에 대규모 TNT가 유입되었습니다."

"대규모?"

"최소한 십 톤은 됩니다."

카인의 말에 김호철의 얼굴이 굳어졌다. TNT 십 톤이 어느 정도의 위력을 낼 수 있는지는 알 수 없다. 하지만 영화에서는 TNT 한 덩이가 커다란 폭발을 일으키곤 했다.

그런 TNT 십 톤이 아르카디안으로 흘러갔다니…….

"그 많은 폭탄이 왜 아르카디안으로?"

"폭탄을 쓸 곳이 뭐가 있겠습니까? 먹을 수 있는 것도 아니고."

"TNT 십 톤…….”

놀란 얼굴의 김호철을 보며 카인이 고개를 끄덕였다.

사실…… 카인도 아르카디안으로 흘러간 TNT가 어느 정도 양인지 모른다. 십 톤이라 말을 한 이유는 단 하나, 김호철에게 이 일이 중하다는 인식을 심어주기 위해서였다. 그리고 TNT 양이 다르다고 해도 김호철이 그것을 확인할 방법이 있는 것도 아니고 말이다.

놀라는 김호철을 보며 카인이 말했다.

"그동안 연락이 되지 않았던 이유는 아르카디안에 유입된 TNT에 대해 조사를 하고 있었기 때문입니다. 그리고 저희 조사 결과…… 독일에서 TNT를 아시아와 유럽 등지에서 밀수를 하고 있었습니다."

"독일은 군사 강국인데 왜 군이 다른 나라에서 TNT를 구합니까?"

"단순한 일 아니겠습니까? 지구에서 쓸 것이 아니라 아르카디안에서 써야 할 것이니까요. 공급은 있는데 수요가 없다면 이상한 일이 아니겠습니까."

"아…… 그렇군요. 그런데 그 이야기를 저에게 하시는 이유가 무엇입니까?"

김호철의 물음에 카인이 그를 보다가 웃었다.

"아마도 이 정보가 김호철 씨를 통해 누군가에게 전해지기를 바라서가 아니겠습니까."

카인의 말에 김호철이 눈을 찡그렸다. 어쩐지 카인, 이자에게 자신이 이용당하는 것 같은 느낌…… 아니…….

'이용당하고 있는 건가?'

하지만 중요한 정보인 것만은 확실했다.

카인이 떠나간 자리를 잠시 보고 있던 김호철이 땅을 박찼다.

파지직! 파지직!

뇌전의 날개를 펼치며 하늘로 솟구친 김호철이 빠르게 서울이 있는 동쪽으로 날아가기 시작했다.

그리고 김호철은 곧 SG 건물 위에 도착할 수 있었다.

SG 건물로 김호철이 다가가자, 순간 옥상으로 군인들이 빠르게 올라오기 시작했다.

철컥! 철컥!

자신을 향해 총구를 겨누는 것과 함께 그들의 뒤로 SG들이 섰다.

"접근하는 능력자! 능력을 해제하고 신분을 밝히기 바란다! 그렇지 않으면 발포……."

마이크를 들고 소리를 지르던 SG가 김호철을 알아보았다.

"블러드 나이트…… 경계 해지! 블러드 나이트 김호철 씨다."

SG의 외침에 김호철을 향해 총을 겨누고 있던 군인들이 자세를 풀었다.

"김호철 씨!"

SG 하나가 앞으로 나와 김호철의 이름을 불렀다. 그에 김호철이 천천히 옥상에 내려서서 군인들을 바라보았다.

자신이 누구인지 알아보고 경계를 하고 있지 않지만 처음 그들이 뛰어나와 총구를 겨눌 때만 해도 놀랐다.

"경계가 삼엄하군요."

"한국 SG 본부입니다. 테러 단체의 1순위 공격 목표입니다."

SG의 말에 고개를 끄덕인 김호철이 말했다.

"국장님 계십니까?"

"계십니다."

"안내 부탁드리겠습니다."

김호철의 말에 SG가 잠시 기다리라 하고는 어딘가로 무전을 보냈다. 그러고는 김호철을 향해 고개를 돌렸다.

"따르십시오."

SG를 따라 건물에 들어선 김호철은 곧 도원군의 사무실로 들어설 수 있었다.

"앉으시게나."

김호철은 도원군이 가리킨 소파로 가 앉았다.

"왔으면 얼른 찾아오지 이제야 오나?"

아르카디안에서 돌아온 후 김호철은 따로 도원군을 찾아가지 않았다. 건물 공사로 바쁘기도 했고 가야 할 이유를 찾지 못한 것이다.

"건물 공사로 바빴습니다."

"그래, 공사는 잘돼가나?"

"한 보름 정도면 끝날 것 같습니다."

김호철의 말에 고개를 끄덕인 도원군이 그를 바라보았다.

"그래, 무슨 일인가?"

도원군의 말에 김호철이 카인에게 들은 이야기를 해주었다. 그 이야기를 들은 도원군이 턱을 쓰다듬었다.

"TNT 십 톤과 독일이라……."

"카인 말이 십 톤을 아르카디안에 넘기고 독일이 그에 상응하는 뭔가를 받았을 거라고 하더군요."

김호철의 말에 도원군이 잠시 있다가 입을 열었다.

"그 정보를 넘겨준 것을 보니…… 카인 그자가 조급한 모양이군."

"카인이 이런 먹잇감을 눈앞에 던져 준 것을 보면 아직 동맹에 관한 것은 진행되지 않은 모양이군요."

"쉽게 결정을 내리기 어려운 일이지. 지구에 있는 나라도 아니고 이세계의 나라…… 따지고 보면 외계인 국가와 동맹을 맺는 결정이니까."

"어쨌건 제 이야기는 끝났습니다."

말과 함께 자리에서 일어나려는 김호철을 잠시 보던 도원군이 입을 열었다.

"조만간 한국, 중국, 일본 이 세 나라의 최고 능력자들이 게이트를 넘어갈 거네."

뜬금없는 말이었다. 하지만 이상하게 들리지는 않았다. 김호철 자신이 게이트에서 사람을 구해왔으니 말이다.

다시 자리에 앉은 김호철이 도원군을 바라보았다.

"강진 국장이 자리를 마련한 모양이군요."

김호철의 말에 고개를 끄덕인 도원군이 입을 열었다.

"중국에서는 강진과 무제 동탁, 항우 여상. 이 셋이 움직인다."

"강진과 같이 움직이는 두 분은?"

"두 사람을 모르나?"

김호철이 고개를 젓자 도원군이 한숨을 쉬었다.

"능력자들을 다 알 필요는 없지만 국가를 대표하는 자들 이름 정도는 좀 알아두게."

"그렇게 말씀하실 정도면 대단한 분들인가 보군요."

"강진과 유일하게 대적이 가능하다는 사람이 무제 동탁이고…… 항우 여상은 장대수와 비슷한 능력자라 생각하면 돼."

장대수와 비슷하다는 말에 김호철의 얼굴에 놀람이 어렸다.

"장대수 장로님과?"

"예전에 둘이 팔씨름을 한 적이 있는데 승부를 내지 못했지."

"대단하군요."

김호철의 말에 고개를 끄덕인 도원군이 입을 열었다.

"일본에서는 삼도 중 한 명인 쌍도 히로시와 칠왕 중 셋이 간다."

"삼도라면 무사시라는 사람이 포함돼 있는?"

"맞다. 칠왕 역시 일본을 대표하는 능력자들이다."

도원군의 말에 김호철은 조금 불안해졌다.

'이거 어쩐지 불안한데…….'

잠시 그런 생각을 하던 김호철이 입을 열었다.

"그럼 한국에서는……."

김호철의 물음에 도원군이 그를 보며 입을 열었다.

"나와 장대수가 갈 것이다."

"국장님이 직접?"

"중국에서 강진이 움직이는데 우리나라도 그와 비슷한 위치의 능력자가 움직여야 한다."

"그럼 SG는 어떻게 합니까?"

"만약 나에게 일이 생긴다면 백진이 나를 대신해 SG를 맡기로 했다. 하지만 내 능력이 있으니 내가 위험할 일은 그리 없을 것이라 생각한다."

도원군의 말에 김호철이 고개를 끄덕였다. 도원군의 능력은 순간이동……. 위험해진다면 자신의 몸 하나 뺄 능력은 충분했다.

"장대수 장로는 간다고 하던가요?"

귀찮은 일은 하지 않을 것 같은 장대수인데 그런 사람이 게이트를 넘어가겠다니?

김호철이 의아해할 때 도원군이 말했다.

"장대수가 귀찮은 것을 싫어하지만 한국 사람이다. 그리고 그가 알던 능력자들 중에 게이트를 넘어간 사람들도 있어."

"그들을 구하기 위해서 간다는 말이군요."

고개를 끄덕인 도원군이 김호철을 향해 몸을 숙였다.

"그래서 말인데⋯⋯."

"저도 끌어들이려는 겁니까?"

"아르카디안을 직접 가 본 사람은 자네뿐이고 겪은 사람도 자네뿐이지."

"제가 구해온 군인들도 있잖습니까."

김호철의 말에 도원군이 혀를 찼다.

"그 고생하고 온 사람들을 이 일에 다시 끌어들이고 싶나?"

도원군의 말에 김호철이 그를 바라보았다.

"그러고 보니 그분들은 한국으로 돌아왔습니까?"

"지금 국정원에서 아르카디안에서 있었던 일들에 대한 조사를 받고 있다."

"집에 가고 싶을 텐데⋯⋯. 지구에 와도 쉬지를 못하는군요."

"미안한 일이지."

고개를 끄덕인 도원군이 김호철을 바라보았다.

"같이 가주겠나?"

도원군의 말에 김호철이 말을 하지 않았다. 그런 김호철의 모습에 도원군이 고개를 끄덕였다.

"하긴 쉬운 결정은 아니겠지."

그런 도원군의 모습에 김호철이 말했다.

"그런데 아무리 강한 분들이라 해도 너무 인원이 적은 것 아닙니까?"

"그 산맥이 끝을 보기 어려울 정도로 넓다면 많이 가 봤자 이동만 불편할 뿐이다."

"그 넓은 산맥에서 사람들은 어떻게 찾으실 생각입니까? 이런 말 하기 그렇지만 제가 와이번을 타고 이틀을 날아 발견한 것이 고작 오민수 대령 쪽 사람들과 저희 사람들입니다. 운이 없었다면 저는 아직도 저희 사람들을 찾아 그곳을 날고 있었을 겁니다."

김호철의 말에 도원군이 고개를 끄덕였다.

"자네 말이 맞네. 몬스터보다 가장 큰 문제는 사람을 찾는 것이지."

"방법이 있습니까?"

"인공위성을 가지고 갈 생각이다."

"인공위성? 그 큰 걸 어떻게?"

TV에서 보면 인공위성은 커다란 로켓에 실어 날려 보내지 않는가.

그런 인공위성을 어떻게 가지고 가 날린다는 것인지 김호철이 의문 어린 눈으로 도원군을 바라보았다.

"자네가 무슨 생각하는지 알겠지만 그런 인공위성이 아니네. 그리고 실제 인공위성이 다 큰 것도 아니고."

"안 큽니까?"

김호철의 물음에 도원군이 핸드폰을 꺼내 들었다.

"실제로 이만한 위성도 있으니 작다면 아주 작지. 그리고 우리가 띄우려는 것도 말이 위성이지 사실은 우주로 띄우는 것이 아니라 드론에 태워서 하늘에 걸어놓는 거네."

"드론?"

"일본에서 개발한 최첨단 드론이지. 낮에 태양열을 흡수해 전력을 충전하고, 저녁에는 비행을 하는 방식이네. 최대 열흘은 지상에 내려오지 않아도 임무 수행이 가능하다고 하더군."

"그럼 그 드론으로 주위를 수색할 겁니까?"

"그것도 하나의 계획이지만 가장 큰 목적은 드론에 통신 위성을 싣는 거네."

"통신 위성을 통해 지구인들이 가진 무전기로 연락을 할 생각이군요."

"거기에 사람의 생체 열을 포착하는 등의 방법도 있고. 어쨌든 이것이 우리가 세운 계획이네."

도원군의 말에 김호철이 잠시 있다가 말했다.

"돌아올 때는 어떻게 하실 생각이십니까?"

"오민수 대령이 그러더군. 자네가 몬스터를 몰아 강제로 게이트를 열었다고."

"하실 수 있겠습니까?"

"쉽지는 않겠지만 해봐야 알겠지."

잠시 말을 멈춘 도원군이 김호철을 바라보았다.

"아니면 자네가 좀 도와주든가."

도원군의 말에 그를 보던 김호철이 입을 열었다.

"오민수 대령과 그 부하들을 데리고 온 것은…… 그 자리에 제가 있었고 도울 수 있었기 때문입니다."

"지금도 도울 수 있네."

"저에게는 가족이 있습니다."

김호철의 답에 도원군이 잠시 있다가 몸을 일으켰다. 그리고 자신의 책상 옆에 놓여 있는 상자를 들고 왔다.

툭!

그러고는 김호철을 향해 상자를 밀었다.

"이건?"

"보게."

도원군의 말에 잠시 상자를 보던 김호철이 입맛을 다셨다.

'나를 설득할 뭔가가 이 안에 있나 본데…….'

"열어보면 안 될 것 같은데…… 열어보고 싶군요."

"왜, 판도라 상자처럼 보이나?"

판도라 상자라는 말에 김호철이 상자 뚜껑을 손으로 잡았다.

'죽음과 질병이 나온 판도라 상자에 마지막 남은 것이 희망이라던데…….'

속으로 중얼거린 김호철이 뚜껑을 열었다. 그리고 김호철의 얼굴에 의아함이 어렸다.

상자 속에 들어 있는 것은 사진이었다. 그것도 상자 하나가득 들어 있는…….

"보게나."

도원군의 말에 김호철이 잠시 그를 보다가 사진을 꺼내 보았다.

사진 속에는 해맑게 웃고 있는 청년들과 그 부모들로 보이는 사람들이 있었다.

사진들을 하나씩 꺼내 보던 김호철을 보며 도원군이 지갑을 꺼내 펼쳤다.

스윽!

도원군이 펼친 지갑에는 사진 한 장이 들어 있었다. 도원군과 서른 정도로 보이는 한 사내가 나란히 찍혀 있는 사진…….

"내 아들이네."

"가족이 있으셨습니까?"

"나처럼 멋지고 잘난 사람이 가정을 이루지 못했겠나."

도원군의 말에 그를 보던 김호철이 지갑 속 사진과 상자 속 사진을 바라보았다. 그러고는 손으로 자신의 얼굴을 눌렀다.

잠시 그렇게 얼굴을 손으로 가리고 있던 김호철이 입을 열었다.

"게이트로 간 사람들이군요."

김호철의 말에 도원군이 자신의 지갑 속에 있는 사진을 보다가 입을 열었다.

"그리고 그 가족들이네."

자신의 짐작이 맞음에 김호철이 한숨을 쉬었다.

"게이트로 넘어간 이들의 사진을 다 가지고 있으셨습니까?"

"내가 보낸 이들이니 다른 사람들은 몰라도 최소한 나는 기억을 해야겠지. 그리고 그 가족들 역시……."

도원군의 말에 김호철이 그가 들고 있는 지갑을 바라보았다.

"아드님도 가셨습니까?"

"갔지."

"그럼 아드님을 구하러 가시는 것입니까?"

김호철의 물음에 도원군이 잠시 지갑 속 사진을 보다가 입을 열었다.

"옛날 사람들은 오래 살면 육십을 살았지. 그래서 오래 산 그날을 기념해 환갑이라는 잔치를 열었다. 지금은 의학이 발전해 큰 병이 없다면 백 년을 살아……. 하지만 아무리 오래 살아도 백 세를 넘기는 힘든 일."

잠시 말을 멈춘 도원군이 한숨을 쉬었다.

"처음 게이트를 통해 사람을 보낸 것이 십 년 전…… . 내 아들이 떠난 것 역시 십 년 전."

'지구에서 십 년이면 거기서는 백 년…… .'

사진 속 사내의 나이는 적어도 서른은 넘어 보였다. 그렇다면 지금쯤 백삼십 살은 되었을 터…… .

'살아 있지는 못하겠구나.'

김호철이 그런 생각을 할 때 도원군이 입을 열었다.

"나는 한국의 자식을 한국의 부모에게 돌려주러 가는 것이네."

'한국의 자식을 한국의 부모에게 돌려주러 가는 길…… .'

도원군이 한 말을 잠시 되새기던 김호철이 입술을 깨물었다. 그리고 가만히 상자 속에 담겨진 사진들을 바라보았다.

자신과는 관련이 없는 사람들이다. 본 적도 없고 이야기를 나눈 적도 없다. 하지만 그 가족들이 마음에 걸렸다. 자신도 가족을 잃어버렸던 경험과 그 힘들었던 기억이 있으니 말이다.

잠시 말이 없던 김호철이 입을 열었다.

"한 번입니다."

"한 번?"

"그 넓은 땅에서 사람들을 찾는 것은 평생이 걸려도 힘든 일입니다. 모든 사람을 다 찾을 때까지 따라다닐 수는 없습니다. 여러분이 경험을 쌓을 수 있도록 한 번은 따라가겠습니다. 그 이상은 저에게 바라지 마십시오."

"아쉽기는 하지만…… 고맙군."

도원군의 답에 김호철이 자리에서 일어났다. 계속 자리에 앉아 있다가는 다른 일도 맡게 될 것 같았다.

"준비가 되는 대로 연락해 주십시오."

"그렇게 하지. ……고맙네."

다시 고맙다 말을 하는 도원군을 보며 김호철이 고개를 저었다.

"고맙다는 소리는 도 국장님이 아니라 제가 데리고 오는 사람들에게 듣겠습니다. 그리고 그 부모들에게도."

김호철의 말에 도원군이 미소를 지었다.

"고맙다는 말이 때로는 천금보다 더 기분 좋을 때가 있지. 후후후! 자네도 사람이군."

도원군의 말에 김호철이 한숨을 쉬고는 몸을 돌리려다가 그를 돌아보았다.

"그런데…… 이거 수당은 나오는 겁니까?"

김호철의 말에 도원군이 피식 웃었다.

"하루에 일억 정도면 어떤가?"

"그리 많이는 안 주는군요."

"돈 벌러 가는 일이 아니니까."

도원군의 말에 입맛을 다신 김호철이 고개를 끄덕였다. 그 말대로 돈 벌러 가는 길이 아니다.

돈을 벌려면 지구에서 열리는 게이트를 찾아 쓸어버리고 마나석을 줍는 것이 더 낫다.

"연락 주십시오."

"잘 가게나."

김호철이 방을 나서자 도원군이 상자에 담겨 있는 사진들을 보다가 뚜껑을 닫았다.

SG 건물을 나선 김호철은 인천을 향해 날아가고 있었다. 그리고 그런 김호철의 머릿속은 조금 복잡했다.

"가족이라……."

가족……. 김호철에게 있어 가장 소중한 것, 그리고 행복이라는 단어와 밀접한 것이다.

그리고 지금은 혜원을 찾았다. 아직 확신은 들지 않지만 결혼하고 싶은 여자도 만났다.

결혼이라는 것은 새로운 가족을 만나고 새로운 가족을 만드는 것이다.

그런데 지금 자신은 위험한 일을 하려고 한다.

물론 게이트를 넘어간다 해도 위험할 확률은 아주 드물다. 몬스터도 사신이라는 놈들도…… 만나면 죽이면 되고 못 죽일 것 같으면 날아서 도망치면 된다.

하지만 사람 일이란 것은 모르는 일. 김호철 그 자신이 예상치 못한 위험한 일도 얼마든지 생길 수 있는 것이다.

잠시 게이트를 넘어가는 일에 대해 생각을 하던 김호철이 고개를 저었다.

"칠장로급 인물들이 모여서 가는 일인데 위험하면 얼마나 위험하겠어. 그리고 이번 한 번이다. 딱 이번 한 번만 나서고 나는 빠지면 돼."

이미 결정이 난 일에 더 이상 머리 쓰지 말자는 생각을 하며 김호철이 인천을 향해 더 빠르게 날아가기 시작했다.

9장
대규모 원정대

도원군과 만나고 4일 후.

김호철과 혜원, 그리고 사무소 직원들이 모두 모여 아침 식사를 하고 있었다. 하지만 김호철은 그들을 보며 말없이 앉아만 있었다.

고윤희가 그런 김호철의 어깨를 툭 쳤다.

"왜 안 먹어?"

고윤희의 말에 잠시 있던 김호철이 몸을 일으켰다.

"잠시 주목 좀 해주십시오."

김호철의 말에 사람들이 밥을 먹다가 그를 바라보았다. 사람들의 시선이 모이자 김호철이 잠시 있다가 입을 열었다.

"저 오늘 게이트 넘어갑니다."

김호철의 말에 사람들이 의아한 얼굴로 그를 보다가 마리아가 급히 말했다.

"게이트를 호철 씨가 왜 넘어가요?"

"오빠가 왜?"

마리아와 혜원의 놀람에 찬 물음에 김호철이 말했다.

"의뢰를 받았습니다."

"의뢰? 설마 강진?"

마리아의 물음에 김호철이 고개를 저었다. 그러고는 도원군에게 들었던 이야기를 해주었다.

"우와! 강진에 무제, 거기에 항우까지……!"

상황과 맞지 않게 감탄을 하는 고윤희를 잠시 본 마리아가 김호철에게 시선을 옮겼다.

"그래서 길안내를 의뢰를 받았다는 거군요."

"그렇습니다. 사람 찾고 게이트를 열고…… 길어야 지구 시간으로 3일이면 돌아올 겁니다."

"3일……. 아르카디안에서는 30일이군요."

마리아의 중얼거림에 혜원이 급히 말했다.

"왜 그런 위험한 일을 해."

혜원의 말에 김호철이 웃으며 고개를 저었다.

"오빠는 강하니까 안 위험해."

"사람 일이 어떻게 될 줄 알고 그런 장담을 해? 나도 갈래."

"넌 위험해서 안 돼."

김호철의 말에 고윤희가 고개를 끄덕였다.

"맞아. 이 일은 혜원이한테 위험해. 내가 같이 가겠어."

뜬금없는 고윤희의 말에 김호철이 고개를 저었다.

"너도 위험해서 안 돼."

"난 갈……."

"안 된다."

단호하게 고개를 저은 김호철이 사람들을 돌아보았다.

"3일……. 3일이면 돌아옵니다. 그리고 위험한 일은 절대 하지 않을 것이니 걱정들 하지 마세요."

김호철의 말에 마리아가 그를 보다가 입을 열었다.

"의뢰비 일억 때문에 의뢰를 받아들이신 건 아닐 테고……. 이 의뢰를 맡은 이유가 뭐예요?"

마리아의 물음에 잠시 있던 김호철이 말했다.

"도 국장님이 이번 일은 한국의 자식을 한국의 부모님에게 돌려주러 가는 것이라 하더군요."

"한국의 자식을 한국의 부모에게……."

마리아가 의아한 듯 그를 바라봤다. 김호철이 그녀를 마주 보다가 말했다.

"가족은 같이 살아야죠. 나와 혜원이처럼."

김호철이 혜원의 머리를 쓰다듬으며 말했다.

"그러니 3일 후에 뵙겠습니다."

"지금 가는 거야?"

혜원의 말에 김호철이 고개를 끄덕였다.

"점심 때 전북 전주에서 게이트가 열립니다."

김호철의 말에 고윤희가 급히 말했다.

"그럼 강진하고 무제, 항우는 다 한국에 들어온 거야?"

"어제 들어왔대."

그 말에 고윤희가 김호철의 손을 잡았다.

"나도 가야겠어."

"위험하다니까."

"네가 있는데 무슨 상관이야. 그리고 난 꼭 가야 할 이유
가 있어."

"강진 때문에?"

김호철의 물음에 고윤희가 고개를 저었다.

"내공 때문이야."

"내공?"

"아르카디안에서 내공 수련을 하면 영약을 먹은 것처럼 내
공 증진 속도가 무척 빨라. 난 가야겠어."

단호한 고윤희의 말에 김호철이 그녀를 보다가 말했다.

"그렇게 가야겠어? 위험할 수도 있어."

"내공만이 아니야. 강진과 무제와 같은 고수가 싸우는 것

을 보는 것만으로도 나에게는 기연과 같아. 꼭 가야겠어."

의지로 활활 타오르는 고윤희의 시선에 김호철이 잠시 그녀를 보다가 고개를 끄덕였다.

'그래, 너 하나 정도는 내가 어떻게든 지킬 수 있겠지.'

속으로 중얼거린 김호철이 말했다.

"곧 출발할 거니까. 간단하게 준비하고 내려와."

김호철의 말에 고개를 끄덕인 고윤희가 서둘러 위층으로 올라갔다.

박천수가 김호철을 향해 입맛을 다셨다.

"마음 같아서는 나도 같이 가서 도와주겠다 말하고 싶지만…… 괜히 네 발목만 잡을 것 같아서 그런 말도 못 하겠다."

박천수의 말에 김호철이 고개를 저으며 그와 다른 사람들을 바라보았다.

"다들 같이 가고 싶어 하는 마음 압니다. 하지만 이 일은 소수로 움직이기로 한 것이니 마음만 받겠습니다."

김호철이 마리아를 바라보았다.

"저 없는 동안 혜원이 잘 부탁드리겠습니다."

"3일이면 오실 텐데 부탁은요. 그나저나 몸 건강하게 조심해서 다녀오세요."

마리아의 말에 김호철이 고개를 끄덕이고는 혜원을 바라보았다.

"걱정하지 말고."

김호철의 말에 혜원이 한숨을 쉬며 고개를 저었다.

"오빠 말대로 오빠는 강하니까. 걱정하지 않을래. 그냥 외국으로 출장 갔다 생각할 테니까. 3일 후에는 꼭 와야 해."

혜원의 말에 김호철이 그녀의 머리를 쓰다듬었다.

"반드시 건강하게 돌아올 테니 걱정하지 마."

"호철아! 가자!"

말을 하던 김호철은 자신을 부르는 고윤희의 목소리에 고개를 돌렸다.

옷 가방 하나에 검을 들고 서 있는 고윤희를 본 김호철이 고개를 끄덕이고는 허리띠를 풀어 가방을 집어넣었다. 그리고 다시 허리띠를 찬 김호철이 몸을 돌렸다.

"다녀오겠습니다."

사람들의 배웅을 받으며 고윤희를 데리고 밖으로 나온 김호철이 그녀의 허리를 손으로 안았다.

부드럽게 안겨오는 고윤희의 감촉에 살짝 미소를 지을 때, 그녀가 눈을 찡그렸다.

"와이번 소환하는 거 아냐?"

"일단은 하늘로 날아야지."

"너…… 요즘 자꾸 달라붙어."

고윤희의 말에 피식 웃은 김호철이 땅을 박찼다.

파지직! 파지직!

뇌전의 날개를 양쪽으로 활짝 펼친 김호철이 빠르게 하늘로 솟구쳤다. 그렇게 하늘 높이 솟구친 김호철이 남쪽으로 날아가기 시작했다.

"와이번 소환 안 해?"

고윤희의 말에 김호철이 그녀를 안은 팔에 힘을 주며 말했다.

"드라마에서 이런 대사가 있던데."

"뭐?"

"나랑 살래 아니면 떨어질래?"

김호철의 말에 고윤희가 황당하다는 듯 그를 바라보았다.

"뭐?"

"나랑 결혼할래 아니면 떨어질래?"

"뭐래는 거야?"

"대답 안 하면 진짜 떨어뜨린다."

"헐……."

잠시 말이 없던 고윤희가 그를 빤히 바라보았다. 그 시선에 김호철의 얼굴이 살짝 붉어졌다. 조금은 장난식으로 말을 하기는 했지만 고백은 고백인 것이다.

그런 김호철을 보던 고윤희가 피식 웃었다.

"뭐, 나도 시집은 가야 하니까. 좋아."

고윤희의 말에 김호철이 안도의 한숨을 쉬었다. 하지만 고윤희의 말이 끝난 것은 아니었다.

"단……."

"단, 뭐?"

"바람피우면 죽는다."

스르릉!

검을 살짝 뽑아 드는 고윤희의 모습에 김호철이 웃었다.

"애는 많이 낳자. 한 다섯?"

"무슨 애를 그렇게 많이 낳아."

"난 우리 애가 많은 형과 동생들과 함께였으면 좋겠어."

"애 많이 낳으면 몸매 망가지는데……."

작게 혀를 차는 고윤희를 보며 김호철이 그녀를 안은 손에 힘을 주었다.

'낳기 싫어도…… 자다 보면 생기겠지.'

그런 생각을 하던 김호철이 미소를 지으며 더 빠르게 남쪽으로 날기 시작했다.

전북 전주 시내의 한가운데에 김호철과 고윤희가 있었다. 그리고 그들의 주위에는 강진과 도원군, 장대수 등도 자리를 하고 있었다.

모여 있는 이들을 보던 김호철이 힐끗 강진과 있는 두 사람을 바라보았다. 한 사람은 무척 마른 청년이었고, 한 명은 중년인이었다.

'무제와 항우.'

마른 청년이 항우, 중년인이 바로 강제와 더불어 무림 최정상 고수라는 무제 동탁이었다.

그런 둘을 보던 김호철이 이번에는 왼쪽을 바라보았다. 그곳에는 일본에서 온 쌍도 히로시와 세 명의 중년인이 있었다.

'칠왕 중 셋이라······.'

잠시 그들을 보던 김호철이 앞을 바라보았다.

앞에는 컨테이너 박스 여러 개가 놓여 있었고 그 위에 동그란 모양의 드론이 몇 대 놓여 있었다.

설명에 의하면 풍선과 같은 것을 부풀려 하늘에 떠오르고, 그 풍선을 이용해 태양열을 흡수한다고 한다. 속도는 비행체에 비해 느리겠지만 안정적으로 전력 공급이 가능한 형태였다.

점점 컨테이너 위로 마나의 결정들이 모이기 시작했다.

화아악! 화아악!

이제 곧 게이트가 열리는 것이다. 마나의 기운이 충만해지는 것을 느낀 김호철이 숨을 고르고는 데스 나이트와 합체를 했다. 그리고 마나를 빠르게 흡수하며 데스 나이트에게 힘을 실어준 김호철이 소리쳤다.

"준비들 하세요. 이동과 함께 주위에 몬스터들이 바글바글할 겁니다!"

김호철의 외침에 게이트를 넘어갈 능력자들이 하나둘씩 무기를 뽑아 들기 시작했다.

스르릉! 스르릉!

그들을 바라보던 김호철이 고윤희에게 시선을 돌렸다.

화아악!

김호철의 시선과 함께 고윤희의 옆에 데스 나이트 다니엘이 모습을 드러냈다.

"윤희 곁에서 떨어지지 말고 꼭 지켜라."

순간 빛이 번쩍였다.

화아악!

그렇게 김호철과 일행들의 모습이 사라지고 그 자리로 게이트를 넘어온 몬스터들이 모습을 드러냈다.

화아악!

게이트를 넘어서는 느낌과 함께 김호철은 뇌전의 날개를 활짝 펼치며 솟구쳤다.

'몬스터를 최대한 줄인다.'

생각과 함께 김호철의 손에서 거대한 뇌전이 뿜어져 나 갔다.

"하앗!"

김호철의 기합과 함께 뿜어진 뇌전이 아직 빛이 사라지지 않은 주위를 향해 쏟아져 내렸다.

파지직! 파지직!

빛 속으로 파고드는 뇌전과 함께 눈부신 빛이 사라지기 시 작했다.

화아악!

"크아앙!"

"크르릉!"

빛이 사라지는 것과 함께 주위에 가득 펼쳐져 있는 몬스터 군단의 모습이 보였다.

그리고 그들을 향해 쏟아지는 뇌전의 폭풍……

파지직! 파지직!

김호철의 뇌전에 몬스터들이 새까맣게 타들어 가며 쓰러 지기 시작했다.

파파팟!

그와 함께 아직 적응을 하지 못한 듯 눈을 찡그리고 있던 중국과 일본의 능력자들이 사방으로 달려 나갔다.

파파팟!

그리고 능력자들의 손에 몬스터들이 학살을 당하기 시작했다.

장대수의 손에 몬스터들이 갈기갈기 찢겨 나갔고, 항우 여상의 손에 잡혀 볼링공처럼 던져진 몬스터들은 다른 몬스터들과 부딪히며 터져 나갔다. 거기에 무제 동탁과 강진의 검에서 쏟아지는 검기에 몬스터들은 목이 그대로 잘려 나갔다. 그리고 일본의 능력자들의 활약도 대단했다.

어쨌든 그런 능력자들을 보조하듯 김호철의 뇌전이 사방으로 뿜어져 나갔다.

파지직! 파지직!

빠르게 몬스터들을 제거해 나가는 능력자들의 모습에 김호철이 뇌전을 슬쩍 흡수하고는 손을 아래로 향했다.

화아악! 화아악!

김호철의 손에서 뿜어진 검은 기운이 몬스터로 변하며 쏟아지기 시작했다.

지상형 몬스터들을 내려놓고 다시 손을 위로 올린 김호철이 와이번과 가고일들을 소환했다.

"쓸어버려."

김호철의 명령에 몬스터들이 괴성을 지르며 사방으로 뛰어나갔다.

김호철이 고개를 돌려 능력자들을 바라보았다. 하나하나

가 게이트 하나를 막을 능력이 충분한 이들이다. 그런 그들이 한데 뭉쳐서 몬스터를 쓸어가니 그 앞에 버틸 수 있는 것은 없었다.

김호철이 고개를 끄덕였다.

'나까지 나설 필요는 없겠네.'

잠시 주위를 보던 김호철이 땅으로 내려왔다. 땅에서는 고윤희가 가부좌를 뜬 채 운기조식을 하고 있었다. 그 모습을 보던 김호철이 다니엘에게 고윤희를 잘 지키라는 명을 하고는 도원군을 바라보았다.

도원군은 전투에 참가하지 않은 일본인 능력자와 뭔가 이야기를 나누고 있었다.

"드론은 여기서 띄우는 겁니까?"

김호철의 말에 고개를 끄덕인 도원군이 컨테이너를 바라보았다.

그들이 가져온 컨테이너는 여덟 개였다.

여섯 개의 컨테이너 안에는 기본적인 식량과 탄, 폭약, 그리고 의약품과 같은 보급품이 가득 쌓여 있었다. 컨테이너를 들고 이동할 수는 없지만 필요한 물품이 있을 경우 가져다 쓸 수 있도록 바리바리 싸가지고 온 것이다.

그리고 남은 두 컨테이너 중 하나는 드론과 관련된 장비들이 있었고, 하나는 거주가 가능한 생활 시설과 통신 장치들이 설치되어 있었다.

도원군과 이야기를 나눈 일본 능력자가 컨테이너 위로 올라가서는 손을 들었다.

화아악! 화아악!

그러자 능력자의 손에서 빛나는 은빛 선 수십 가닥이 뿜어져 나오더니 드론들과 접촉하기 시작했다.

우우웅! 우우웅!

은빛 선에 닿은 드론들의 몸에서 모터가 작동하는 소리가 들리더니 곧 상부에서 은색의 풍선이 부풀어 오르기 시작했다.

두둥실! 두둥실!

풍선이 부풀어 오르는 것과 함께 드론이 천천히 하늘로 날아오르기 시작했다.

그것을 보던 도원군이 그중 가장 큰 것을 가리키며 말했다.

"저게 메인이야."

"메인?"

"일곱 개의 드론이 주위로 퍼져 나가 수색을 하고 얻은 자료들이 저 메인 드론으로 모여."

"그럼 저게 가장 중요하군요."

"그렇지. 다른 드론보다 두 배 정도 더 높은 상공에 떠 있게 되니 비행형 몬스터에게 공격을 받을 일은 없을 것 같지만⋯⋯

또 모르는 일이니 가고일 두 마리 정도 같이 올려 보내."

도원군의 말에 고개를 끄덕인 김호철이 가고일 두 마리를 불러들여 메인 드론의 옆에 배치했다.

그렇게 드론들이 하늘 높이 올라가는 동안 주위의 몬스터들을 제거한 능력자들이 돌아왔다.

타타탓!

"여기 몬스터들이 지구로 온 놈들보다 좀 더 센 것 같은데?"

장대수가 손에 묻은 피를 털어내며 하는 말에 김호철이 그를 바라보았다.

"힘드셨습니까?"

"힘들지는 않았는데 감촉이 조금 더 단단한 느낌이야."

장대수의 말에 김호철이 주위에 흩어진 몬스터 사체들을 보다가 말했다.

"여기에 있다가 지구로 귀환한 지구인에게도 고산병 같은 후유증이 생기는데 이곳에서 태어나고 자란 몬스터라면 그 후유증이 더 크겠죠."

"흠…… 그럼 게이트에서 나온 몬스터들은 일단은 페널티를 가지고 있다는 말이군."

일리가 있다는 듯 고개를 끄덕인 장대수가 하늘을 올려다보았다.

"끄응!"

하늘을 보며 양손을 치켜든 장대수가 웃었다.

"이야기는 들었지만 마나가 대단하기는 하군. 숨 쉬는 것만으로 마나가 가득 들어오는 느낌이야."

장대수의 말에 고개를 끄덕인 김호철이 하늘을 올려다보았다. 장대수처럼 새로운 세상의 하늘을 보려 한다기보다는 드론이 잘 떠오르고 있는지 확인을 하려는 것이다.

그리고 드론은 잘 떠오르고 있었다.

둥실둥실!

김호철이 순조롭게 상승하고 있는 드론을 보고 있을 때, 도원군이 말했다.

"그럼 다들 출발하도록 하세."

말과 함께 도원군이 거주가 가능한 컨테이너의 문을 열었다.

컨테이너의 안에는 간이침대가 벽에 다닥다닥 붙어 있었고 냉장고와 컴퓨터들이 비치되어 있었다.

"불편하기는 해도 숲에서 야영을 하는 것보다 나을 테니 이걸로 참아주게나."

안으로 들어오는 사람들에게 말한 도원군이 김호철을 향해 고개를 돌렸다.

"이동할 때 흔들림이 적었으면 좋겠군."

도원군의 말에 김호철이 피식 웃었다.

"자동차 광고처럼 편안하게는 모르겠지만 조심은 하겠습니다."

김호철의 말에 고개를 끄덕인 도원군이 책상에 놓인 이어폰 중 하나를 그에게 던졌다.

탓!

가볍게 이어폰을 받은 김호철이 그것을 귀에 꽂고는 문을 열고 나섰다.

"돌아와."

김호철의 명령에 사방에 흩어져 있던 몬스터들이 빠르게 그의 몸으로 흡수되었다. 그 후 김호철이 하늘을 올려다보자 하늘에 떠 있던 와이번이 김호철의 시선에 천천히 내려왔다.

파지직!

뇌전의 날개를 뿜어내며 솟구친 김호철이 와이번을 조심스럽게 컨테이너로 다가가게 해 그 양쪽을 잡게 했다. 컨테이너의 양쪽에는 와이번이 잡기 편하도록 돌출된 철근이 있었다.

'준비성 좋네.'

속으로 중얼거린 김호철이 와이번 위로 내려섰다.

"들고 날아봐."

김호철의 말에 와이번이 천천히 컨테이너를 들고는 날개를 펄럭이며 솟구치기 시작했다.

하지만 그 속도가 빠르지는 않았다. 아무래도 철로 된 컨테이너에 사람도 열 명이 넘게 타고 있으니 벅찬 모양이었다.

그에 김호철이 와이번의 등에 손을 댔다.

화아악! 화아악!

김호철의 손에서 흘러오는 마나에 와이번의 몸체가 더욱 검게 변하며 빠르게 솟구치기 시작했다.

김호철이 이어폰에 손을 가져갔다.

"흔들림 어떻습니까?"

ㅡ조금 흔들리기는 하는데 이 정도면 괜찮군.

"그럼 이 정도로 하겠습니다. 드론에서 정보는 들어오고 있습니까?"

ㅡ들어오고 있네. 서쪽에서 통신 전파가 약하지만 잡히는 모양이야.

"서쪽이라……. 정확한 위치는 아직 모르고요?"

ㅡ거리가 멀어서 정확한 위치는 아직이야. 서쪽으로 가면서 전파를 추적하세.

"그럼 서쪽으로 일단 갑니다."

김호철의 와이번이 서쪽으로 천천히 선회를 하며 날아가기 시작했다.

하루를 날아간 거리에서 발견한 전파의 진원지는 지구에서 보낸 보급 물자들이었다. 보급 상자 중에는 찾기 용이하도록 전파가 발신되는 장치가 있었는데 그것을 드론이 감지한 것이다.

"이거 참……. 이 땅덩이가 넓다는 이야기는 들었지만 하루를 날아 발견한 진원지가 고작 이 보급품일 줄은 몰랐군."

보급 물자를 발로 톡톡 차던 장대수가 문득 고개를 갸웃거렸다.

"가벼운데?"

발에 차인 상자에서 느껴지는 무게감이 없던 것이다. 그에 장대수가 자신이 차던 군용 상자를 열었다.

덜컥!

상자를 열은 장대수가 안쪽을 확인할 수 있도록 그것을 들어서 사람에게 보였다.

"상자 속이 비었어."

장대수의 말에 김호철이 상자 안을 보고는 개폐 장치를 만졌다.

"개폐 장치를 부수지 않고 열어서 안의 것만 가져갔군요."

"그럼 이 근처에 지구인이 있다는 건가?"

"아니면 사신 놈들이 있을 수도 있죠."

김호철이 상자들을 보다가 한쪽에 있는 것을 열었다.

달칵!

그 상자 속은 군용 무전기와 노트북이 들어 있었다. 그것을 본 김호철이 다른 상자들을 열었다.

"통신 장치들은 건드리지 않고 식량과 무기들만 챙겨 갔는데요."

"흠……."

도원군의 말에 김호철이 입맛을 다실 때, 장대수가 컨테이너 안에서 커다란 천 뭉치를 들고 나왔다.

"일단 이것 띄우고 누가 오는지 보는 것이 어떻습니까? 지구인이 보든 사신이라는 놈들이 보든 뭔가 반응이 올 테니까."

장대수가 들고 온 천은 바로 태극기였다. 그것도 아주 커다란 태극기…….

장대수가 천을 내려놓자 김호철이 가고일을 한 마리 소환해 한쪽을 잡게 했다.

파지직! 파지직!

뇌전의 날개를 펼친 김호철이 태극기 다른 한쪽을 잡고는 날아올랐다. 그러자 천들이 펼쳐지며 커다란 태극기가 펄럭이기 시작했다.

가로세로 십 미터 이상은 되는 거대한 태극기가 하늘에서 펄럭이자 도원군이 강진을 바라보았다.

"자네, 목청 크지?"

도원군의 말의 의미를 안 강진이 입맛을 다시고는 숨을 크게 들이마셨다. 그리고 순간…….

"우리는 지구에서 온 구조대다. 한국 깃발이 보이는 곳으로 오거나 신호를 주면 찾으러 가겠다."

화아악! 화아악!

강진의 입에서 뿜어진 낮지만 강한 울림에 주위의 나무들이 흔들렸다.

강진의 사자후에 고윤희가 황홀한 표정으로 그를 바라보았다.

'대단한 내공이다.'

그런 고윤희의 시선을 아는지 모르는지 강진이 영어, 일본어, 중국어로 같은 내용의 사자후를 토하기 시작했다.

강진의 사자후를 들은 김호철이 와이번을 불러 자신이 잡고 있는 깃발을 들게 하고는 주위를 둘러보았다.

"신호가 있으려나?"

그런 생각을 하며 주위를 보던 김호철의 눈에 저 멀리서 검은 연기가 피어오르는 것이 보였다.

"검은 연기가 보입니다!"

김호철이 밑을 내려다보며 소리쳤고, 그와 거의 동시에 도원군의 몸이 사라졌다.

파앗!

그리고 도원군이 다시 모습을 드러낸 곳은 태극기 위였다.

타앗!

태극기를 붙잡아 몸을 고정한 도원군이 검은 연기가 솟구치는 곳을 보며 외쳤다.

"나와 호철이가 먼저 가 보겠다."

일행들에게 외친 도원군이 검은 연기가 솟구치는 곳으로 순간이동을 해 사라졌다.

'같이 좀 가시지.'

속으로 중얼거린 김호철이 검은 연기를 향해 빠르게 날아가기 시작했다.

파지직! 파지직!

뇌전의 날개를 휘날리며 빠르게 날아가던 김호철의 눈이 굳어졌다. 순간이동으로 검은 연기가 피어오르는 곳에 나타난 도원군을 향해 땅에서 불과 뇌전이 뿜어져 나온 것이다.

"조심……."

이라는 외침을 다 지르기도 전 도원군의 몸이 다시 사라졌다.

화아악!

파지직! 화르륵!

그리고 도원군이 있던 곳을 뚫고 솟구치는 불과 뇌전…….

"적이다!"

김호철의 고함에 강진과 장대수가 땅을 박차며 검은 연기가 솟구치는 곳으로 내달리기 시작했다.

10장
이상한 놈

쾅! 쾅!

도원군이 사라진 것과 동시에 땅에서 폭음이 들리기 시작했다.

도원군이 적…… 아니, 사신으로 추정되는 놈들과 싸움이 벌어졌음을 안 김호철의 움직임이 다급해졌다.

파지직! 파지직!

뇌전을 뿌리며 빠르게 날아간 김호철은 곧 검은 연기가 피어오르는 상공에 도착할 수 있었다.

그의 눈에 파파팟! 연속으로 순간이동을 하는 도원군이 보였다. 그리고 그럴 때마다 튕겨져 나가는 검은 망토를 입은 자들…….

"사신!"

외침과 함께 김호철의 몸에 데스 나이트의 갑옷이 나타났다.

철컥! 철컥!

갑옷의 이음새가 연결되는 것과 함께 김호철의 몸이 땅으로 떨어져 내렸다.

쾅!

굉음과 함께 땅에 떨어진 김호철의 뇌전의 날개가 활짝 펼쳐졌다.

파지직! 파지직!

사방으로 뇌전의 줄기를 뿜어내던 김호철의 얼굴이 굳어졌다.

'막아?'

망토를 두른 자들이 앞으로 뛰어나오더니 뇌전을 막아낸 것이다.

파지직! 파지직!

망토를 타고 땅으로 흘러가는 뇌전의 모습에 놀라는 김호철을 향해 사신들이 달려들었다.

파파팟!

눈부신 검광을 뿜어내며 자신을 향해 날아오는 검격들……. 하지만 김호철에게는 뇌전만 있는 것이 아니다.

화아악!

순식간에 모습을 드러낸 해머가 빠르게 회전을 했다.

채채챙!

김호철은 자신을 향해 날아오는 검들을 튕겨냈다. 아니, 더 정확히 말하자면 그 검들은 그가 휘두른 해머에 그대로 박살이 나며 깨져 나갔다.

챙그랑! 챙그랑!

마치 유리 조각처럼 산산이 조각나며 깨지는 검들.

하지만 그의 해머는 검을 부수는 것에 멈추지 않았다.

부웅!

묵직하지만 빠르게 움직인 해머가 망토를 입은 자들을 터뜨렸다.

퍼퍼펑!

세 번의 폭음과 함께 망토 입은 자들이 산산이 터져 나가며 흩어졌다.

그 모습에 입술을 깨문 김호철.

사람을 죽인 것이 처음도 아니고 이제는 익숙해질 법한 일이지만…….

'기분 더럽네.'

사람 죽이는 것은 역시 익숙해지려야 익숙해질 수 없는 일이다. 그것이 아무리 적이라고 해도 말이다.

하지만 이 죄책감이 김호철은 마음이 들었다. 최소한 자신이 괴물이 아니라는 증거였으니 말이다.

어쨌든 생각은 길지 않았다. 자신이 괴물이든 아니든 지금은 적들이 검을 들고 자신을 향해 달려들고 있는 상황이었다.

사람을 죽여 기분 더러운 것과 자신이 죽는 것?

고민할 가치도 없는 일이다.

우두둑!

해머를 강하게 움켜쥐는 것과 함께 김호철을 향해 날아오는 화염과 뇌전의 줄기……

'마법인가?'

화염과 뇌전을 보던 김호철이 피식 웃었다. 자신에게 아주 익숙한 것이 바로 뇌전과 화염, 두 가지의 힘이 아닌가.

그에 김호철이 화염과 뇌전을 향해 해머를 휘둘렀다.

파지직!

뇌전을 해머로 감싸고 화염을 때려 터뜨렸다.

퍼엉!

그와 함께 자신을 향해 달려드는 망토들을 향해 감싼 뇌전을 던졌다.

파지직! 파지직!

하지만 그 뇌전은 다시 그들의 망토에 막혔다.

'마법 아이템인가?'

속으로 중얼거린 김호철의 해머가 망토를 감싼 자들을 후려쳤다.

퍼퍼펑!

다시 폭음과 함께 터져 나가는 사신들……

'물리력은 못 막나 보네.'

하지만 김호철의 생각은 틀렸다. 그 망토는 물리력도 방어를 한다. 다만 김호철의 힘이 그 망토가 버틸 수 있는 물리력을 넘어설 뿐이었다.

김호철이 자신을 향해 달려드는 사신들을 향해 해머를 휘두르며 마주 달렸다.

'김호철이 잘 싸우는군.'

퍼퍼펑!

뒤에서 들려오는 폭음이 김호철의 공격 때문임을 안 도원군이 고개를 끄덕이다가 능력을 사용했다.

도원군이 사라지는 것과 함께 그가 있던 자리를 베고 지나가는 검광들.

사악! 사악!

그리고 다시 나타나는 도원군의 신형.

그런 도원군을 향해 다시 검광이 번뜩였다.

'빠르군.'

미친 듯이 쏟아져 오는 검광들에 도원군이 다시 순간이동을 써 검격을 피해내고는 상대를 바라보았다.

도원군이 상대하는 것은 초로의 노인. 다른 이들과 같이 검은 망토를 몸에 두른 노인은 아주 깡마른 체형에 신경질적인 얼굴을 하고 있었다.

도원군이 사신들을 죽일 때 그를 막아선 노인은 다른 자들과는 달리 무척 강했다.

그리고 노인의 검은 그 모습만큼이나 신경질적이고 빨랐다. 그 덕에 도원군은 쉽게 노인에게 접근을 하지 못하고 있었다. 순간이동을 하는 것과 동시에 자신을 향해 쏘아져 오는 검격에 말이다.

'맞상대를 해야 하는 건가?'

그런 생각이 나자 도원군은 조금 짜증이 났다.

스윽!

그에 도원군의 얼굴에 살기가 어렸다. 그러자 그를 상대하던 노인이 검을 급히 끌어당기며 자세를 잡았다. 도원군의 기세가 바뀐 것을 느낀 것이다.

그런 노인을 보며 도원군이 피식 웃었다.

"자네도 쓸 만하기는 한가 보군."

도원군의 말에 노인이 눈을 찡그렸다.

"그 입 찢어주마."

자신의 말을 알아듣고 자신이 알아들을 수 있는 말을 하는 노인의 모습에 도원군이 웃었다.

"통역을 해주는 마법 아이템이 있다고 하더니…… 여기는 아주 널려 있나 보군. 개나 소나 다 가지고 다니는 것을 보니."

자신을 개나 소로 비유하는 도원군을 보며 노인이 검을 움켜쥐었다.

"죽여주……."

파앗!

뒷말이 이어지기 전 도원군이 땅을 박찼다.

화아악! 화아악!

그리고 도원군의 주먹에서 희미한 마나의 빛이 떠올랐다.

권기를 손에 두른 도원군의 신형이 빠르게 달려오는 것에 노인의 얼굴에 당황이 어렸다.

'듀얼 능력자?'

노인이 이때까지 상대한 지구의 능력자는 대부분 하나의 능력을 가지고 있었다. 물론 두 개의 능력을 가진 자도 보았지만 그들은 아주 극소수였다. 하지만 그들은 강했다.

노인이 급히 검을 빠르게 휘둘렀다.

사사삭!

검광들이 빠르게 허공을 감싸며 벽을 만들어냈다. 하지만 도원군의 능력은 순간이동.

화아악!

노인이 만들어 놓은 검벽을 도원군이 뛰어 넘었다.

"걸렸어!"

도원군이 검벽을 뛰어 넘자 노인이 외침과 함께 검을 빠르게 휘둘렀다.

검벽은 미끼, 도원군이 순간이동으로 검벽을 넘어설 것을 예상하고 이미 준비를 하고 있었다.

사사삭!

순식간에 휘둘러지는 검격들…….

하지만.

파앗!

검격들이 멈췄다. 그리고 도원군의 목소리가 들렸다.

"걸려? 누가?"

수십 개로 보일 정도로 빠른 검격을 도원군이 맨손으로 잡아낸 것이다.

자신의 검이 도원군의 손에 잡히자 노인의 얼굴에 경악이 어렸다.

"어…… 어떻게?"

놀람과 당황이 섞인 노인의 음성에 도원군이 그를 보다가 미소를 지었다.

"열 갈래로 갈라지든 백 갈래로 갈라지든 갈라지는 곳의 시작은 네 손이다."

"내 손을 보고 내 검격을 잡았다? 그런 말도 안 되는……."

"못 믿겠으면 어쩔 수 없지. 그냥 죽어라."

말과 함께 도원군이 검을 강하게 잡아당기는 것과 함께 왼손을 앞으로 강하게 후려쳤다.

퍼억!

도원군의 권격에 노인의 얼굴이 함몰이 되며 그대로 넘어갔다.

털썩!

깡마른 체격만큼이나 가볍게 뒤로 넘어가는 노인을 보던 도원군이 검을 잡았던 손으로 시선을 옮겼다.

손은 찢어져 있었다.

주루룩! 주루룩!

손에서 흐르는 피에 도원군이 입맛을 다셨다. 이게 얼마만에 피를 보는 것인지…….

하지만 감상도 잠시, 도원군의 몸이 갑자기 사라졌다.

사사삭!

그리고 도원군이 있던 자리를 가르고 지나가는 검들.

노인 외에도 사신은 더 있는 것이다.

화아악!

그리고 다시 모습을 드러낸 도원군이 망토들 사이로 파고

들었다.

그런 도원군을 향해 날아오는 검격……. 하지만 도원군을 찌르진 못했다. 찌르려고 하면 도원군이 공격해 오는 자의 뒤에 나타나 그의 목을 부러뜨렸기 때문이다.

우둑! 우두둑!

그렇게 도원군이 있는 곳에서는 뼈 부러지는 소리만이 빠르게 들려왔다.

펑!

사신 하나를 그대로 때려 터뜨린 김호철이 다른 적을 찾아 주위로 시선을 돌렸다. 그의 눈에 사방으로 도주를 하는 사신들의 모습이 보였다.

'쫓을까? 쫓는다.'

잠시의 망설임, 하지만 그것은 짧았다.

사신은 강철의 군대에 속한 자들. 자신들에 대한 것이 알려지면 귀찮은 일이 생길 확률이 컸다.

그에 김호철의 몸에서 검은 연기들이 뿜어져 나갔다.

화아악! 화아악!

김호철의 몸에서 뿜어진 연기들이 빠르게 몬스터로 변했다.

"쫓아, 죽여!"

나타나는 것과 함께 내려진 김호철의 명령에 몬스터들이 사방으로 뛰어가기 시작했다.

주위를 빠르게 훑던 김호철이 문득 커다란 나무를 바라보았다. 다른 나무와 달리 유난히 커다란 나무……. 그것을 잠시 보던 김호철이 숨을 골랐다.

'지금은…… 가능할지도 모른다.'

그런 생각을 한 김호철이 나무를 보며 소리쳤다.

"오거!"

김호철의 외침과 함께 마나가 빠져나갔다.

화아악!

그리고 거대한 나무보다 더 큰 오거가 모습을 드러냈다.

"크아앙!"

모습을 드러내는 것과 동시에 거대한 괴성을 지르는 오거.

그런 오거를 김호철이 노려보았다.

"앉아!"

김호철의 고성에 오거가 그를 내려다보았다.

오거의 눈에 가득한 적대감을 읽은 김호철의 몸에서 검은 기운이 피어올랐다.

화아악!

검은 기운을 물씬 뿜어내며 김호철이 오거를 노려보았다.

"앉아!"

김호철의 고성에 오거가 그를 가만히 내려다보다가 천천히 그 자리에 앉기 시작했다. 그 모습에 김호철이 손을 내밀었다.

"손!"

김호철의 외침에 잠시 있던 오거가 손을 내밀었다.

탁!

자신의 손 위에 올려지는 오거의 손에 김호철이 미소를 지었다.

"잘했어. 굿 오거."

오거가 개처럼 자신의 말을 듣는 것에 미소를 지은 김호철이 소리쳤다.

"도망친 놈들 다 죽여!"

"크아앙!"

김호철의 말에 오거가 괴성을 지르고는 커다란 나무를 잡아 뽑았다.

우지끈!

커다란 나무를 뿌리째 뽑은 오거가 땅을 박차며 내달리기 시작했다.

쾅! 쾅! 쾅!

굉음을 내며 달려가는 오거의 모습에 김호철이 미소를 지었다.

"오거, 이 새끼. 잘했어."

작게 중얼거린 김호철이 주위를 바라보았다. 도원군의 모습은 보이지 않았다. 아마도 적들을 쫓아간 모양이었다.

그에 김호철도 뇌전의 날개를 펼치며 하늘로 솟구쳤다. 그리고 도주를 하는 사신들의 뒤를 쫓아 날아가기 시작했다.

도망을 치는 사신들을 보이는 대로 죽인 김호철은 더 이상 사신이 보이지 않자 검은 연기가 솟구치던 곳으로 돌아왔다.

그리고 그곳에는 고윤희와 장대수가 있었다.

탓!

가볍게 땅에 내려선 김호철이 고윤희를 바라보았다. 고윤희는 검 두 자루를 들고 이리저리 휘둘러 보고 있었다.

"뭐해?"

김호철의 말에 고윤희가 들고 있던 두 개의 검을 강하게 맞부딪쳤다.

챙!

강한 금속음과 함께 진동을 하는 검을 보며 고윤희가 미소를 지었다.

"검 고르고 있어."

"너 검 있잖아."

"좋은 검이야 많으면 많을수록 좋지. 그리고…… 여기 있는 검들 다 마법 검이야."

고윤희의 말에 김호철이 문득 죽어 있는 사신들의 시체를
보다가 그중 멀쩡한 시신의 망토를 벗겼다.

망토에 묻은 흙을 털어낸 김호철이 그것을 둘렀다.

"너는 뭐해?"

땅에 떨어진 검들을 줍던 고윤희가 의아한 듯 바라보는 것
에 김호철이 말했다.

"이 망토가 내 뇌전을 막았어. 이 망토도 마법이 걸려 있
는 것 같아."

"어떤 마법?"

"그건 모르지."

등에 메고 있던 망토에 마나를 주입해 보던 김호철이 고개
를 저었다. 마나에 반응하지 않는 것을 보니 시동어가 따로
있는 아이템인 모양이었다.

어쨌든 망토를 손으로 쓰다듬은 김호철이 다른 사신들의
몸에서 망토들을 벗겨내 모으기 시작했다.

김호철이 망토를 모으자 고윤희도 검을 모아 하나둘씩 쌓
기 시작했다.

"크아악!"

"으아악!"

김호철은 허리띠에 망토와 검들을 집어넣다가 한쪽에서 들리는 비명에 눈을 찡그렸다.

소리가 난 곳으로 고개를 돌리는 김호철의 머리를 고윤희가 잡아서는 다시 땅으로 향하게 했다.

"보지 마. 보면 토한다."

고윤희의 말에 김호철이 한숨을 쉬었다.

"마교, 마교 하더니……. 지독하네."

김호철의 말에 고윤희가 고개를 끄덕였다.

"소설 속에 나오는 마교 같지는 않지만 그래도 마교는 마교니까."

고윤희의 말에 김호철이 슬쩍 고개를 돌려 비명이 들리는 곳을 바라보았다.

"크아악!"

"으아악!"

강진의 앞에는 산 채로 잡혀온 두 명의 사신이 있었다.

그런데…….

발가벗겨져 있는 그들의 몸에는 짧게 잘려진 나뭇가지들이 박혀 있었다.

"너희 본부가 있는 위치를 말한다. 가장 빨리 말을 하는 놈은 편안하게 바로 죽여줄 것이다."

말과 함께 강진이 사신들의 몸에 박아놓은 나뭇가지를 잡고는 살짝 비틀었다.

"크아아악!"

살 떨리는 비명을 지르는 사신…… 지금 이 상황에서 저 아르키디안인은 그저 고통에 괴로워하는 자일 뿐 사신이 아니었다.

지금 그 앞에 있는 자가 바로 사신이었다. 그것도 피도 눈물도 없는…….

"쯥! 내가 듣고 싶은 것은 비명이 아니라 답이다. 아니면 할 말이 비명밖에는 없는 건가?"

말과 함께 강진이 허벅지에 꽂혀 있는 나뭇가지를 살짝 돌렸다.

"커어억!"

"으어어억!"

이번 비명은 달랐다. 비명을 지르지도 못할 정도로 너무 고통이 커서 그저 부들부들 떨며 숨이 빠지는 소리만을 낼 뿐이었다.

그런 두 사신을 보며 강진이 말했다.

"혹시나 해서 하는 말인데 고문을 받다가 죽을 걱정은 안 해도 된다. 너희가 알지 모르겠지만 중국이라는 나라의 역사에서 가장 많이 발전한 학문 중 하나가 고문이다. 사지를 자르고 눈과 혀를 뽑고 가죽을 벗겨도 한 달은 살려놓을 수 있다. 굉장하지 않나?"

강진의 말에 사신들의 얼굴이 굳어졌다.

"자, 누구든 말을 하고 싶으면 나를 쳐다보면 된다. 어차피 죽으면 끝인 인생……. 이런 고통까지 당하면서 의리를 지킬 필요는 없다."

말과 함께 강진이 그들의 몸에 박혀 있는 나뭇가지를 천천히 돌리기 시작했다.

"크아악!"

"으아악!"

장인처럼 섬세한 강진의 손길에 사신들이 연신 비명을 지르며 고통스러워하기 시작했다.

잠시 그 모습을 보던 김호철이 한숨을 쉬었다.

"엄청 아파 보이네."

김호철의 말에 고윤희가 허리띠에 검을 집어넣다가 말했다.

"무림 고수들은 인체의 혈에 대해서 많이 알고 있어. 어지간한 한의사보다 더 잘 알지. 지금 강진 대협은 저놈들의 혈 중 고통이 심한 요혈에 나뭇가지를 박아놓은 거야. 그러니 조금만 건드려도 고통이 심하지. 아마 치아 신경을 송곳으로 긁는 것보다 더 아플걸."

고윤희의 말에 김호철은 괜히 자신의 이가 아파오는 것 같았다.

이를 괜히 혀로 몇 번 핥은 김호철이 허리띠를 허리에 둘렀다. 그러고는 강진 쪽을 바라보았다.

"고문을 저렇게 할 줄 알았으면 반지 안 빌려줄 걸 그랬네."

고문을 하든 뭘 하든 일단 언어가 통해야 한다. 그래서 강진에게 김호철은 자신의 통역 반지를 빌려준 것이다.

물론 여기 사신들의 몸을 뒤지면 통역을 위한 아이템이 있을 수도 있다. 하지만 뭐가 뭔지 알지도 못하고 잘못 마나를 주입했다간 터질 수 있으니 위험했다.

어쨌든 고문당하는 사신들을 보던 김호철이 말했다.

"이곳으로 컨테이너를 가지고 오겠습니다."

김호철의 외침에 강진의 옆에서 사신들을 보고 있던 도원군이 고개를 끄덕였다.

그에 김호철이 고윤희의 허리를 안아 들었다.

자신의 허리를 스스럼없이 안아 드는 김호철의 모습에 고윤희가 눈을 찡그렸다.

"요즘 너 부쩍 이런다."

"그러게. 요즘 나 부쩍 이러네."

싱긋 웃는 김호철을 작게 노려본 고윤희가 손을 들었다.

"가자!"

고윤희의 말에 김호철이 웃으며 하늘로 솟구쳤다.

파지직! 파지직!

"크아악!"

"으아악!"

아침 일찍 눈을 뜬 김호철은 귓가에 들려오는 비명에 한숨을 쉬며 몸을 일으켰다.

"기상 알람 한번 소름 끼치네."

한숨을 쉰 김호철이 침대를 나와 위에 있는 침대를 바라보았다. 침대는 2층으로 돼 있었는데 김호철의 위쪽은 고윤희의 자리였다. 고윤희는 밖에서 비명 소리가 들리든 말든 눈가리개를 한 채 새근새근 잘 자고 있었다.

잠시 자고 있는 그녀의 얼굴을 보던 김호철이 컨테이너 안을 둘러보았다. 한쪽 벽에 걸려 있는 커다란 모니터 앞에는 기계 동화 능력자 요시다가 있었다. 요시다의 손에서 나온 은색 선들이 모니터에 연결이 되어 있었는데 그 손이 움직일 때마다 화면이 휙휙 바뀌었다.

"요시다 씨, 식사는 하셨습니까?"

김호철의 말에 요시다가 힐끗 그를 보고는 고개를 끄덕였다.

"저는 먹었습니다."

조금은 어색하기는 하지만 한국말을 하는 요시다에게 고개를 작게 숙여 보인 김호철이 전투식량을 하나 꺼내서 컨테이너 밖으로 나왔다.

'한국어가 만국 공통어가 될 날이 멀지 않은 건가?'

밖으로 나오며 김호철은 그런 생각을 했다. 여기에 온 능력자 모두는 아니지만 열 명 중 다섯 명은 한국어를 조금이나마 할 줄 알았다.

한국 드라마 보면서 배웠다는데, 어쨌든 그 덕에 외국 사람들과 있어도 대화를 나누는 데 불편함은 없었다.

밖으로 나온 김호철이 컨테이너 위로 뛰어올라 갔다. 컨테이너 위에 선 김호철이 주위를 둘러보았다. 김호철의 몬스터들이 컨테이너 주위의 숲에서 주변 경계하고 있었고 하늘에서는 와이번과 가고일이 태극기를 들고 떠 있었다. 멀리서도 보일 거대한 태극기이니 누군가 보면 반응이 오기를 기다리면서 말이다.

김호철이 전투식량을 뜯었다. 전투식량은 볶음밥이었는데 소시지와 후식으로 먹을 초코칩 쿠키도 들어 있었다.

요즘 전투식량은 먹을 만하게 잘 나온다는 생각을 하며 아침밥을 먹던 김호철이 힐끗 비명이 들리는 곳을 바라보았다.

사신 둘의 몸에는 여전히 나뭇가지가 박혀 있었고, 강진은 그것을 돌리고 있었다.

"크아악!"

"으아악!"

연신 비명을 지르는 사신들의 모습에 김호철이 입맛을 다셨다.

'나 같으면 그냥 말하겠다.'

비명을 듣고만 있어도 소름이 끼친다. 그리고 그런 비명에 김호철은 입맛이 떨어졌다.

"밥은 다 먹었…… 응?"

작게 중얼거리던 김호철의 눈에 묘한 것이 보였다.

'사람?'

지구 군인들이 입는 군복을 입은 한 적발의 청년이 컨테이너 주위를 돌며 그것을 구경하고 있었다.

'어떻게?'

김호철의 얼굴이 굳어졌다. 지금 이 주위에는 김호철의 몬스터들이 경계를 서고 있다. 다가오는 사람은 일단 제압을 하라는 지시를 내린 상태. 그런데 이 적발의 사내는 아무렇지도 않게 컨테이너 옆에 와 있는 것이다.

게다가 다른 능력자들은 그 적발의 사내를 눈치채지 못한 듯 고문에 집중하고만 있었다. 자신처럼 무딘 사람도 아니고 기척에 민감한 무림 고수인 강진과 도원군마저도 말이다.

'이놈…… 뭐지?'

지구 군복을 입고 있지만 지구인이라는 생각은 절대 들지 않았다.

김호철이 긴장하며 슬며시 컨테이너에 몸을 눕혔다. 차가운 컨테이너의 바닥을 느끼며 김호철이 숨을 골랐다.

'합체.'

김호철의 중얼거림과 함께 데스 나이트가 그의 몸에 겹쳐졌다.

철컥! 철컥!

데스 나이트와 합체를 한 것과 동시에 김호철이 컨테이너에서 그대로 떨어졌다.

파앗! 화아악!

떨어지는 것과 함께 해머를 소환한 김호철이 적발의 사내를 후려쳤다.

갑작스런 공격에 적발의 사내가 의아한 듯 그를 보다가 입을 열었다.

"멈춰."

작은 음성…….

그리고 김호철의 해머가 허공에 그대로 멈췄다. 아니, 김호철 그 몸 자체가 굳어졌다.

'어?'

자신의 의지와는 상관없이 그대로 허공에 굳어버리는 해머에 김호철이 힘을 주었다.

하지만 꼼짝도 하지 않는 해머…….

'능력?'

움직임을 봉하는 능력인가 싶어 김호철이 강하게 마나를 뽑어냈다.

화아악! 화아악!

능력자의 능력은 주위로 강한 마나를 뽑어내면 막아낼 수 있는 것이다. 하지만 여전히 해머는 움직이지 않았다.

'이게 무슨?'

놀란 김호철이 해머, 아니, 굳어진 몸을 움직이기 위해 안간힘을 쓸 때 적발의 사내의 뒤로 도원군이 나타났다.

화아악!

사신들을 고문하는 것을 보던 도원군은 갑자기 김호철이 뽑어내는 마나에 놀라 뒤를 돌아보았고, 그와 대치하고 있는 적발의 사내를 보자 바로 순간이동을 한 것이다.

신형이 나타나는 것과 동시에 도원군의 주먹이 적발 사내의 머리를 향해 찔러 들어갔다.

"너도 멈춰."

그러자 도원군의 신형이 그대로 허공에 멈춰졌다.

"핫!"

자신의 몸이 허공에 그대로 굳은 듯 멈춰진 것에 도원군이 그대로 마나를 뿜어냈다. 김호철과 같이 마나를 뿜어 자신의 몸을 묶은 능력을 풀어내려는 것이다. 하지만 도원군의 몸 역시 움직이지 않았다.

그에 도원군이 일갈을 질렀다.

"물러나!"

파파팟!

순간이동으로 이동한 도원군보다 늦기는 했지만 강진과 다른 능력자 역시 적발의 사내를 공격하려 한 것이다. 하지만 도원군의 외침에 다들 뒤로 물러났다. 도원군이 물러나라는 판단을 했다면 그만한 이유가 있을 것이었다.

파파팟!

빠르게 뒤로 물러난 강진이 검을 앞으로 세운 채 소리쳤다.

"괜찮나?"

강진의 외침에 도원군이 소리쳤다.

"어떤 능력인지 모르지만 몸이 움직이지 않아! 마나로 방어하는 것도 되지 않는다."

도원군의 외침에 강진이 손가락을 빠르게 튕겼다.

파파팟!

강진의 손가락에서 붉은 강기가 튕겨지며 적발의 사내를 향해 쏘아져 갔다.

적발의 사내가 손을 들었다.

퍼퍼펑!

그러자 김호철과 도원군의 몸이 자유로워졌다.

화아악! 탓!

도원군은 순간이동을 사용했고, 김호철도 땅을 박차며 급히 뒤로 물러났다.

두 사람이 풀려났다는 걸 아는지 모르는지 적발의 사내는 강기를 막은 자신의 손을 바라보고 있었다.

"상처?"

그의 손바닥에서는 피가 흐르고 있었다.

뭔가 황당하고 어이없는 일을 겪은 듯한 사내의 모습에 강진의 얼굴이 굳어졌다.

사실 지금 정말 어이가 없는 것은 바로 강진이었다.

'천마파천지(天魔破天指)를 손으로…… 막아?'

사내가 천천히 강진을 마주 바라보았다.

"너…… 재밌는 놈이구나."

해맑게 웃고 있는 적발의 사내……. 하지만 그 눈빛에서는 흉폭한 살기가 가득 느껴지고 있었다.

'꿀꺽! 내가…… 두려움을?'

자신이 적발의 사내에게 두려움을 느낀다는 것에 강진이 입술을 깨물었다.

적발의 사내가 해맑게 웃으며 자신의 손바닥에 난 상처를 손가락으로 눌렀다.

"이게…… 아프다는 거구나."

한 번도 아픔을 느껴보지 못한 것처럼 신기한 듯 자신의 손바닥을 이리저리 손가락으로 눌러대는 적발의 사내…….

사내의 행동은 미친 것처럼 보였다. 상처가 난 손바닥을 손가락으로 이리저리 쑤시고 있으니 말이다.

꿀꺽!

김호철이 침을 삼켰다. 하지만 그 이유는 사내가 미친 것 같아서가 아닌 다른 데 있었다. 지금 손바닥을 쑤시고 있는 사내의 손가락이 자신들을 향했을 때 과연 저 손가락을 막을 수 있을까? 하는 그런…….

'대체 저놈 뭐야?'

to be continued

포테
POTENTIAL

어떤 사물에는 그것을 오랜 기간 사용한
사람의 잠재된 능력이 고스란히 담긴다.
그리고 난 그것을 사용할 수 있다.

천재 디자이너, 죽은 이도 살리는 명의,
감성을 울리는 피아니스트, 바람기 가득한 첩보원.
그 누구라도 될 수 있다. 단, 애장품만 있다면!

달인의 눈으로 세상을 바라보는,
유쾌한 민호의 더 유쾌한 애장품 여행기!

우지호 장편소설

빅 라이프

돈도 없고 인기도 없는 무명작가 하재건,
필사적으로 글을 써도
절망뿐인 인생에 빛은 보이지 않는데…….

어느 날,
그가 베푼 작은 선의가
누구도 믿지 못할 기적이 되어 찾아왔다!

'글을 쓰겠다고 처음 결심했던 때를
잊지 말게.'

무명작가의 인생 대반전!
지금 시작됩니다.